COLLECTION DES GRANDS ÉCRIVAINS DE LA FRANCE

PREMIÈRE SÉRIE. — DIX-SEPTIÈME SIÈCLE.

PUBLIÉE SOUS LA DIRECTION DE

M. AD. RÉGNIER

Membre de l'Institut.

Bossuet : *Correspondance*. Nouvelle édition augmentée de lettres inédites et publiée avec des notes et des appendices sous le patronage de l'Académie française, par MM. Ch. Urbain et E. Levesque. 15 volumes.

Corneille (P.), par M. Ch. Marty-Laveaux. 12 volumes et un album.

Fénelon, par M. A. Cahen. *Les aventures de Télémaque*. Deux volumes.

La Bruyère, par M. G. Servois. 6 volumes et un album.

La Fontaine, par M. Henri Régnier. 11 volumes et un album.

La Rochefoucauld, par MM. D.-L. Gilbert et J. Gourdault. 4 volumes et un album.

Malherbe, par M. Ludovic Lalanne. 4 volumes et un album.

Molière, par MM. Eug. Despois et P. Mesnard. 13 volumes et un album.

Pascal (Blaise) : *Œuvres* publiées suivant l'ordre chronologique, avec documents, introduction et notes. 14 volumes.

Première série : Œuvres jusqu'au Mémorial de 1654 par MM. Léon Brunschwicg et Pierre Boutroux. 3 volumes.

Deuxième série : Œuvres depuis le Mémorial de 1654. Lettres provinciales. Traité de la Roulette, etc., par MM. L. Brunschwicg, Pierre Boutroux et Félix Gazier. 8 volumes.

Troisième série : *Les Pensées*, par M. Léon Brunschwicg. 3 volumes.

Racine (Jean), par M. P. Mesnard. 8 volumes et un album.

Retz (Cardinal de), par MM. A. Feillet, J. Gourdault et R. Chantelauze. 10 volumes.

— Supplément à la Correspondance, par M. Claude Cochin. 1 volume.

Saint-Simon : *Mémoires*. Nouvelle édition, collationnée sur le manuscrit autographe et augmentée des additions de Saint-Simon au Journal de Dangeau et de suites et appendices par M. de Boislisle, avec la collaboration de MM. L. Lecestre et J. de Boislisle. En vente : Tomes I à XXXVI, et tables des 28 premiers volumes (2 vol.).

Les tomes suivants sont en cours de publication.

Sévigné (Mme de). Lettres de Mme de Sévigné, de sa famille et de ses amis, par M. Monmerqué. 14 volumes et un album.

DEUXIÈME SÉRIE. — XVIIIe ET XIXe SIÈCLES

PUBLIÉE SOUS LA DIRECTION DE

M. G. LANSON

Professeur à la Faculté des Lettres de l'Université de Paris,
Directeur de l'École Normale supérieure.

Lamartine : *Méditations poétiques*, par M. G. Lanson. 2 volumes.

Victor Hugo : *La Légende des Siècles*, par M. Paul Berret. 2 volumes.

— *La Légende des Siècles* (nouvelle série), par M. Paul Berret, 3 volumes

— *Les Contemplations*, par M. Joseph Vianey. 3 volumes.

Chaque volume ou album. . . 35 fr.

CHARTRES. — IMPRIMERIE DURAND, RUE FULBERT.

VICTOR HUGO

LÉGENDE DES SIÈCLES

NOUVELLE ÉDITION

PUBLIÉE

D'APRÈS LES MANUSCRITS ET LES ÉDITIONS ORIGINALES
AVEC DES VARIANTES,
UNE INTRODUCTION, DES NOTICES ET DES NOTES

PAR

PAUL BERRET

Publiée avec le Concours de l'Académie française

NOUVELLE SÉRIE

III

PARIS
LIBRAIRIE HACHETTE
BOULEVARD SAINT-GERMAIN, 79

1925

AVERTISSEMENT

SUR LA DISPOSITION DE CETTE ÉDITION

Le texte que nous avons adopté est celui de la première édition de la Nouvelle Série de la Légende des Siècles: *La Légende des Siècles, Nouvelle Série,* Paris, Calmann-Lévy, 2 vol. in-8°, 1877.

V. Hugo avait revu et corrigé de sa main les épreuves de cette édition. Quelques-unes seulement de ces épreuves ont été conservées : elles ont été placées dans un recueil qu'on peut consulter au Musée Victor Hugo.

Nous avons cru devoir nous en tenir au texte de 1877. Nous n'avons nullement la preuve que V. Hugo se soit occupé lui-même des deux éditions qui suivirent. Bien au contraire, tout laisse à supposer qu'après 1878[1], V. Hugo, en tout ce qui concerne la publication de ses œuvres, s'en remit entièrement aux soins de son ami fidèle, Paul Meurice : celui-ci, pendant l'exil du poète, avait collaboré déjà à la correction des épreuves de toutes les œuvres éditées à cette date ; et c'est lui qui publia toutes les œuvres posthumes.

Dans notre appareil critique nous n'avons donc pas fait figurer d'autres variantes que celles qui proviennent directement du manuscrit.

Nous avons distingué les variantes raturées dans le manus-

1. A la suite de l'attaque dont fut frappé V. Hugo en juin 1878, le plus grand repos lui fut recommandé : cf. le *Rappel* du 30 juin 1878. Il séjourna quelques mois à Guernesey et de retour à Paris continua à suivre les prescriptions de ses médecins. Consulter, non sans faire plus d'une réserve, les détails donnés par Mme R. Lesclide dans la biographie des années 1878-1885, intitulée *V. Hugo intime.*

crit des variantes non raturées entre lesquelles le poète se réservait de choisir au moment de l'impression. Les leçons du manuscrit, supprimées par rature ou par surcharge, sont imprimées en caractères italiques; souvent, pour indiquer la place précise de ces leçons dans le texte, nous avons dû reproduire une partie du vers où elles figuraient : cette partie du vers est imprimée en caractères romains.

Pour les leçons qui subsistent non raturées dans le manuscrit, et qui sont celles qui ont fait hésiter V. Hugo jusqu'au dernier moment, elles sont également imprimées en caractères romains, mais mises entre crochets.

La disposition de la présente édition n'a pas été adoptée pour rendre l'aspect du manuscrit, mais plutôt pour présenter les leçons successives dans l'ordre même où elles se sont présentées au poète[1].

---

1. Voir ce que nous avons dit de la ponctuation dans l'Avertissement du tome Ier de la *Légende des Siècles* de 1859, p. II.

LA

LÉGENDE DES SIÈCLES

INTRODUCTION

I

La seconde *Légende des Siècles* parut le 24 février 1877.

Dix-sept ans cinq mois s'étaient écoulés depuis la publication de la première : *grande mortalis ævi spatium*. Victor Hugo avait soixante-quinze ans. La peinture et la gravure ont rendu populaire la physionomie du poète à cette date : la barbe et les cheveux sont blancs, les yeux ardents et profonds, le front olympien, l'ensemble est d'une vigueur majestueuse et sereine. C'est sous ces traits, où il nous semble que rayonne quelque chose de son génie, que Victor Hugo est entré dans l'histoire et demeure dans notre souvenir; c'est ainsi qu'il apparaît dans les toiles de Bonnat et de Bastien Lepage. Qu'on compare à ces portraits la gravure de Flameng, achevée, en décembre 1859. Là, c'est encore l'exilé, le proscrit des *Châtiments* : la face est glabre, creusée et convulsée par les colères de l'exil.

La métamorphose du visage est, en l'espèce, dénonciatrice d'une évolution morale; et, de 1859 à 1877, il y eut aussi, et dans une certaine mesure, une évolution littéraire parallèle à cette évolution morale.

L'exilé, qui a écrit la première *Légende des Siècles*, présente dans son attitude et dans sa pensée une unité essentielle et constante. Cette unité est moins apparente après 1859. L'inspiration de la nouvelle série de la *Légende des Siècles* se modifie et varie à mesure que se modifient et varient les conditions de l'existence de l'homme.

Pour remonter aux sources morales et déterminer le caractère de la seconde *Légende des Siècles*, il nous a donc paru nécessaire de présenter une esquisse de la biographie du poète entre les années 1859 et 1877.

II

I. — La seconde partie de l'exil. 1859-1870.

La composition des *Petites Épopées* fut terminée en mai 1859. Quand on songe que de janvier à mai de cette même année furent écrits *Eviradnus*, le *Régiment du Baron Madruce*, *Le Cid Exilé*, *Bivar*, *Le Jour des Rois*, *Masferrer*, *Le Satyre*, *Pleine-Mer Plein-Ciel*, *La Vision d'où est sorti ce livre*, *Booz endormi*, *La Trompette du Jugement*, les *Reîtres* et la *Rose de l'Infante*, on reste confondu par l'étendue et la puissance d'une telle inspiration.

Mais un tel labeur ne fut pas sans avoir sa répercussion sur la santé du poète. Il éprouva le besoin du repos. A la fin de mai 1859, il partit pour l'île de Serk, loin de sa bibliothèque et de son cabinet de travail. Son esprit ne demeura pas inactif, mais se détendit dans les caprices d'une libre fantaisie. V. Hugo mit « Pégase au vert ». De la fin du mois de mai jusqu'en août 1859, où parut le décret d'amnistie, il écrivit d'une plume facile et rieuse cinquante pièces des *Chansons des Rues et des Bois*. Cette inspiration familière et débridée n'est arrêtée dans ses effusions ni par le projet en juillet du terrible drame de *Torquemada*, ni par l'achèvement au mois d'août de la grave et philosophique préface de la première *Légende*. C'est à Serk, et quand il était dans cette disposition d'esprit, que vint le surprendre la nouvelle de l'amnistie « pleine et entière » accordée aux exilés du Deux-Décembre. On connaît sa déclaration, hautaine et brève :

Déclaration.

Personne n'attendra de moi que j'accorde, en ce qui me concerne, un mot d'attention à la chose appelée amnistie.

Dans la situation où est la France, protestation absolue, inflexible, éternelle, voilà pour moi le devoir.

Fidèle à l'engagement que j'ai pris vis-à-vis de ma conscience, je partagerai jusqu'au bout l'exil de la liberté. Quand la liberté rentrera, je rentrerai.

Victor Hugo.

Voilà bien la fierté et l'âpreté d'accent habituelles au proscrit. Pour un instant, il se dresse encore dans son attitude de Vengeur solitaire :

Et s'il n'en reste qu'un, je serai celui-là !

On l'aperçoit de nouveau debout et menaçant, sur le rocher d'exil : le glaive des *Châtiments* flamboie dans sa main. Mais ce n'est qu'un éclair : l'attitude ne sera plus constante. En regard de *Choix entre deux Passants* écrit le 30 octobre 1859 et publié dans la seconde *Légende*, qu'on lise la pièce d'*Amnistie* composée, s'il faut en croire la première édition des *Années funestes*, en cette même fin d'année 1859[1] : l'on y constatera l'influence persistante et dissolvante des *Chansons des Rues et des Bois* ; on sent vraiment tout autant l'amusement de l'artiste que la haine de l'adversaire politique dans la fantaisie des propos prêtés à Napoléon III, devenu le berger doucereux de l'amnistie :

Il s'assied sous un hêtre ; il murmure : — J'oublie.
Oubliez, oublions. — Douce mélancolie !
Puis, tendre, il prend sa flûte et soupire : O proscrits !
Pyrame aima Thisbé, Céphale aima Procris,
Je vous aime. Accourez, bannis, je vous appelle.
Amnistie est un mot singulier que j'épelle.
Je ne sais pas très bien ce qu'il veut dire. Et vous ?
Mais je vous aime. L'ombre est tiède, l'air est doux...
Quand Ménélas
Vit le sein nu d'Hélène, il jeta son épée.
Ma molle rêverie est de vous occupée.
Vous absents, je m'enfuis hagard dans les forêts...
Oh ! revenez ! Avril gazouille dans les nids...

Facetum habemus exsulem, sommes-nous tentés de nous écrier.

Il y eut pourtant encore des heures où l'angoisse de son impuissance d'exilé revint l'étreindre. Un jour, ce fut à pro-

1. M. Gustave Simon, qui a le manuscrit entre les mains, croit que la pièce est un peu plus tardive, mais en tous les cas antérieure à 1870.

pos de John Brown. Capturé, l'instigateur de la révolte des esclaves de Virginie avait été condamné à être pendu. Le 2 décembre, « à l'heure même de cet anniversaire qui lui rappelait toutes les formes et toutes les nécessités du devoir », V. Hugo adressait, par l'intermédiaire de tous les journaux libres d'Europe, une lettre à la fois généreuse et grandiloquente aux États-Unis d'Amérique :

« Je m'agenouille avec larmes devant le grand drapeau étoilé du Nouveau Monde, et je supplie à mains jointes, avec un respect profond et filial, cette illustre république américaine d'aviser au salut de la loi morale universelle, de sauver John Brown. Oui, que l'Amérique le sache et y songe, il y a quelque chose de plus effrayant que Caïn tuant Abel, c'est Washington tuant Spartacus. »

Les Etats-Unis d'Amérique ne tinrent aucun compte de la lettre du poète. John Brown fut pendu. Ce fut pour V. Hugo, après son élan généreux, une cruelle déception : « En ce moment, j'ai l'âme accablée, écrit-il à George Sand ; ils viennent de tuer John Brown ! L'assassinat a été commis le 2 décembre !... Hélas ! j'ai vraiment le cœur serré. »

A ce « cœur serré » des adoucissements allaient bientôt venir.

En 1860, Garibaldi préparait l'expédition des Mille ; une souscription s'organisait en Angleterre : il s'agissait d'aider Garibaldi dans son entreprise. Deux habitants de Saint-Hélier, MM. Philippe Asplet et Derbyshire, apportèrent à V. Hugo une adresse d'un certain nombre de Jersiais, qui priaient le poète de venir dans leur île parler pour Garibaldi. Cette invitation n'allait plus à l'encontre d'aucune autorité, puisque officiellement Hugo n'était plus exilé; et les Jersiais n'étaient pas fâchés de saisir l'occasion de témoigner leur sympathie à un homme dont le seul crime, en terre jersiaise, avait été de se solidariser avec des frères d'exil un peu turbulents. V. Hugo vit dans cet appel une revanche éclatante de son expulsion de l'île en 1855. Les paroles qu'il allait prononcer devaient avoir, pensait-il, et auraient un retentissement européen. Il parla deux fois, au meeting et au banquet : il parla pour l'Italie, pour Garibaldi, et contre Napoléon. Il prit à l'égard de ce dernier l'attitude d'un victorieux qui pardonne à un vaincu : « Il se peut qu'un jour — car les événements sont dans la main divine, et la main divine, c'est la main inépuisable — il se peut que, parmi ceux que les grandes tempêtes ou les grandes marées de l'avenir jetteront sur vos bords, il y ait notre propre proscripteur à nous, qui sommes ici, chassé à son tour et malheureux. Eh bien ! soyez-lui cléments comme vous êtes justes ; s'il frappe à votre porte, ouvrez-la lui et dites-lui : « Ce sont ceux que vous avez proscrits qui ont demandé pour vous cet asile que nous vous donnons. » Quelle satisfaction devait éprouver, à pouvoir prendre cette attitude, l'exilé volontaire autour duquel, pour la première fois, après huit ans, se groupait une foule admiratrice et retentissaient des applaudissements sympathiques !

Certes, une haine pareille à celle qui avait inspiré les invectives des *Châtiments* ne s'éteint pas en un jour ; mais l'état d'exaspération cesse d'être continu : il y a des intermittences dans la colère, des apaisements entre les soubresauts. Il avait écrit les *Châtiments* en quelques mois : il ne lui faudra pas moins de onze années pour réunir, dans la suite, sur le même sujet, la matière d'un volume. Le dossier qui porte pour titre : *Nouveaux Châtiments* se remplit lentement. La plupart du temps, dans chaque poème, le souffle est court ; la composition du recueil s'élabore par à-coups, souvent à de longs intervalles ; et l'élan lyrique se brise dans cette discontinuité. En 1870, V. Hugo jugea lui-même les *Nouveaux Châtiments* inférieurs aux premiers : ils n'ont pas été publiés de son vivant[1]. Bien évidemment l'esprit de l'exilé se rassérène : son irritation est en décroissance, la verve libre et joyeuse des *Chansons des Rues et des Bois* s'épanouit chaque jour davantage[2], et son imagination se prélasse

1. Trois ans après la mort de V. Hugo, en 1888, les meilleurs poèmes ont été choisis pour la *Corde d'airain* de *Toute la Lyre*, et dix après, en 1898, le reliquat a constitué l'édition des *Années funestes*. Quelques essais postérieurs à 1859 ont été publiés à la fin de l'édition Ollendorff des *Châtiments*. On constate que la colère est de jour en jour moins spontanée : elle finit par devenir un thème littéraire, et de plus en plus V. Hugo recherche l'esprit et la pointe. Nous ne parlons ici que des poèmes ayant trait à l'exil et d'une façon générale à la politique du Second Empire. Pour les poèmes politiques qui furent composés en 1871-1872, voir plus bas p. XVIII à XXX.

2. « Il n'y a pas de livre, disait-il plus tard à Claretie, où je me sois montré plus moi-même .»

avec satisfaction dans les fantaisies du *Théâtre en Liberté*. Au reste, l'activité physique de l'homme subit à cette date un ralentissement momentané. Par une réaction logique, après sept années d'exacerbation dans la révolte et de tension assidue dans le travail, il se sent abattu et dans une sorte de langueur et de dépression. Cet état inhabituel l'inquiète, et, en mars 1861, il fait un voyage à Londres pour aller consulter le Dr Deville. Ce dernier ne constate aucune atteinte à l'organisme de l'exilé; la fatigue n'a déterminé chez V. Hugo qu'une légère et passagère faiblesse des bronches : « Surveillez votre larynx, conclut le docteur : laissez croître votre barbe. Le séjour constant dans un climat trop tempéré comme celui des îles anglo-normandes est anémiant : il est nécessaire que vous vous absentiez et que vous voyagiez, tous les ans, deux ou trois mois [1]. » De mars à septembre 1861, V. Hugo séjourne en Belgique et en Hollande, il ne travaille que rarement et produit peu. Installé, avec Juliette Drouet, au mont Saint-Jean, il relit son manuscrit des *Misérables* [2] et prépare, au milieu même du paysage du champ de bataille, le chapitre de Waterloo; parfois il va faire quelques lectures historiques à la Bibliothèque de Bruxelles. C'est à Bruxelles que nous le retrouvons une année après pour le banquet des *Misérables*, avec toute sa santé et sa force intellectuelle reconquises [3].

Alors se trouve réalisé pour une part l'état moral que, deux ans auparavant, à Jersey, et parce qu'il voulait désormais apparaître aux peuples dans une attitude de sérénité majestueuse, il affirmait, par anticipation, avoir été le sien dès le début de l'exil :

« Quand je suis arrivé ici, il y a huit ans, au sortir des plus prodigieuses luttes politiques du siècle, moi, naufragé encore tout ruisselant de la catastrophe de décembre, tout

1. Cf. Cabanès, *La Chronique médicale*, 1er mars 1922.

2. C'est le 25 avril 1860 qu'il a tiré de sa boîte le manuscrit des *Misérables*, écrits presque dans leur totalité en 1848 : jusqu'au premier janvier 1861, il n'a fait ni correction, ni addition.

3. Voir au Musée Victor Hugo les diverses photographies de V. Hugo de 1861 à 1870, et en particulier le tableau de Chifflart, ainsi que la photographie de Nadar reproduite dans le *Livre d'or de V. Hugo* par E. Blémont, p. 29.

effaré de cette tempête, tout échevelé de cet ouragan, savez-vous ce que j'ai trouvé à Jersey? Une chose sainte, sublime, inattendue, la paix... J'avais lutté contre l'asservissement d'un peuple par un homme, tout ce combat convulsif tremblait encore en moi de la tête aux pieds ; j'étais indigné, éperdu et haletant. Eh bien, Jersey m'a calmé. J'ai trouvé, je le répète, la paix, le repos, un apaisement sévère et profond dans cette douce nature de vos campagnes, dans ce salut affectueux de vos laboureurs, dans ces vallées, dans ces solitudes, dans ces nuits qui, sur la mer, semblent plus largement étoilées, dans cet océan éternellement ému, qui semble palpiter directement sous l'haleine de Dieu. Et c'est ainsi que, tout en gardant la colère sacrée contre le crime, j'ai senti l'immensité mêler à cette colère son élargissement serein, et ce qui grondait en moi s'est pacifié[1]. »

Inutile de dire combien, à la date où il se reporte, V. Hugo était éloigné de cet état d'âme que ne reflètent évidemment ni les *Châtiments*, ni l'*Histoire d'un Crime*, ni même *Dieu* et *La fin de Satan*. Mais cette pacification de l'âme de l'exilé est maintenant réelle.

Toutefois ce n'est pas à la seule nature qu'il en est redevable. Elle est la résultante d'éléments très divers, au premier rang desquels il faut compter la guérison progressive de son immense blessure d'amour-propre ; si la plaie se cicatrise, c'est que de multiples circonstances s'y prêtent.

La première et la plus importante fut la retentissante réunion du Banquet des *Misérables*. Le 16 septembre 1862, les éditeurs Lacroix et Verbœckhoven, pour célébrer la publication du roman, réunirent autour de V. Hugo, qui revenait d'un voyage aux bords du Rhin, un grand nombre de journalistes et d'écrivains. Assis entre deux des personnages les plus considérables de la Belgique, M. Fontainas, bourgmestre de Bruxelles, et M. Verwoort, président de la Chambre des Représentants, Victor Hugo reçut, dans les toasts prononcés à la fin du repas, le plus glorieux des tributs d'hommage qu'il ait pu souhaiter : il fut loué magnifiquement par les

1. Réponse de V. Hugo au toast du banquet Garibaldi, à Jersey, le 18 juin 1860 : *Actes et Paroles, Pendant l'Exil*, 1860, I.

politiques, par les directeurs de journaux, par les romanciers[1].

Ce fut Théodore de Banville qui parla le dernier, au nom des poètes, au nom de ces Parnassiens, dont V. Hugo était le chef élu, et dont ils ne parlaient jamais qu'en disant « le père, qui est là-bas dans l'île ». Lorsque, levé pour répondre, V. Hugo déclara : « Mon émotion est inexprimable », ce ne fut pas une vaine formule oratoire. La fièvre de sa gloire le secouait : enfin ! il se retrouvait dans l'atmosphère d'admiration et de vénération qui lui manquait depuis si longtemps. Devant tous ces littérateurs, ses humbles confrères, devant tous ces magnats de la presse parisienne, il savourait la joie d'apparaître grandi par l'absence et par l'épreuve ; il vivait cette minute dans la lumière de l'apothéose que lui créait l'exil, et il croyait sentir se fixer sur sa personne et sur sa pensée l'attention frémissante du globe entier. Dès ce jour, il a foi en l'omnipotence de sa parole : confiance aveugle et démesurée, sans doute ; mais jamais il n'entrevit la vanité de sa grandiloquence, et Guernesey lui devint un Sinaï, d'où il ne cessa plus de prodiguer aux gouvernements et aux peuples ses conseils et ses prophéties.

Aux Genevois, il adresse un réquisitoire étincelant et passionné contre la peine de mort[2], aux Italiens[3] des encouragements et aux Portugais[4] des félicitations pour l'abolition de cette même peine ; à l'armée russe[5], il intime l'ordre d'épargner la Pologne ; aux Mexicains[6] en guerre avec Napoléon III il prêche la résistance à outrance : « Combattez, luttez, soyez terribles ! » et il les assure de sa toute-puissante sympathie ; à Juarez, devenu président de la république du Mexique, il dicte ses devoirs de républicain et il

1. Il y avait plus d'une soixantaine d'invités de marque. On trouvera tous les discours prononcés et les noms des principaux invités dans Gustave Frédéric, *Souvenir du banquet offert à Victor Hugo*, Bruxelles, Lacroix, Verbœckhoven et Cie, 1862, 63 p. in-12.

2. Cf. *Actes et Paroles. Pendant l'Exil*, 1862, V, *Genève et la peine de mort.*

3. Lettre du samedi 4 février 1865. Cf. aussi sur le même sujet la lettre du 12 février 1865 à M. Lilly, philanthrope anglais. *Pendant l'Exil*, notes pour l'année 1865.

4. Cf. *Ibid.*, 1867, VI, *La peine de mort abolie en Portugal.*

5. Cf. *Ibid.*, 1863, I, *A l'Armée russe.*

6. Cf. *Ibid.*, 1863, III, *La guerre du Mexique.*

enseigne la clémence[1], à tous les rois d'Europe, il crie leur injustice à l'égard de la Crète et les menace de la révolte des peuples, cette foudre : « Le tonnerre vient de là-haut! en langue politique, le tonnerre s'appelle révolution[2] » ; il appelle l'Amérique au secours des Candistes[3], et dans un manifeste violent il proteste contre l'arrestation de Gustave Flourens, leur délégué[4]; il prend parti pour les Irlandais, et il clame à l'Angleterre : « L'Europe vous rappelle au devoir[5]. » Il intervient dans les affaires d'Espagne et vante les bienfaits d'une république future à la rébellion hésitante : « Redevenir l'égale de la France et de l'Angleterre. Offre immense. L'occasion est unique, l'Espagne la laisserait-elle échapper[6] ? » Il s'insurge avec véhémence contre les massacres de Cuba : « La conscience est la colonne vertébrale de l'âme ; tant que la conscience est droite, l'âme se tient debout; je n'ai en moi que cette force-là, mais elle suffit. Et vous faites bien de vous adresser à moi. Je parlerai pour Cuba, comme j'ai parlé pour la Crète[7]. » Et pour ce qui regarde, en Italie, ses rapports avec les révolutionnaires et Garibaldi, est-il besoin de rappeler les violentes invectives de la *Voix de Guernesey* contre Pie IX et Napoléon III, et l'éloquent et audacieux appel à l'insurrection qui clôt le poème :

O peuple, noir dormeur, quand t'éveilleras-tu ?
Rester couché sied mal à qui fut abattu.
Tu dors, avec ton sang sur les mains, et, stigmate
Que t'a laissé l'abjecte et dure casemate,
La marque d'une corde autour de tes poignets.
Qu'as-tu fait de ton âme, ô toi qui t'indignais ?
L'empire est une cave, et toutes les espèces
De nuit te tiennent pris sous leurs brumes épaisses.
Tu dors, oubliant tout, ta grandeur, son complot,
La liberté, le droit, ces lumières d'en haut;....

---

1. *Ibid.*, 1867, III, *L'empereur Maximilien. Au président de la République mexicaine.*
2. *Ibid.*, 1866, III, *La Crète.* 1867, I, *Lettre* du 17 février.
3. *Ibid.*, 1869, I, *Lettre* du 6 février; *Appel à l'Amérique.*
4. *Ibid.*, 1868, II, *Lettre* du 9 juillet : *Gustave Flourens.*
5. *Ibid.*, 1867, II, *Les fenians, Lettre à l'Angleterre* du 26 mai.
6. *Ibid.*, 1868, IV, *A l'Espagne, Lettre* du 22 octobre; V, *Seconde Lettre,* 22 novembre.
7. *Ibid.*, 1870, I, *Aux femmes de Cuba*; II, *Pour Cuba.*

Allons, remue, Allons, mets-toi sur ton séant....
Étends le bras le long de la muraille noire ;
L'inattendu dans l'ombre ici peut se cacher ;
Tu parviendras peut-être à trouver, à toucher,
A saisir une épée entre tes poings funèbres,
Dans le tâtonnement farouche des ténèbres !

Mentana, Hauteville-House, novembre 1867 [1].

Non content de ces interventions politiques où se mêle à la majesté morale d'un Tirésias l'enthousiasme guerrier d'un Tyrtée, il ne laisse passer aucune des grandes manifestations de la pensée publique, sans faire entendre sa voix : centenaire de Shakespeare [2], centenaire de Dante [3], érection de la statue de Beccaria [4], souscription pour la statue de Voltaire [5], congrès des étudiants belges [6] ; il écrit l'*Introduction* à l'histoire de Paris [7] publiée à l'occasion de l'exposition de 1867, et sa signature s'inscrit la première parmi celles de tous les écrivains illustres qui collaborent à ce recueil. En personne il se rend à Lausanne pour présider le Congrès de la Paix, et il esquisse devant « ses concitoyens des États-Unis d'Europe » un généreux programme de réformes sociales [8].

Tous ces discours, toutes ces proclamations sonnent comme un clairon où s'engouffre un souffle sûr et puissant : on a l'impression que l'exilé est désormais plein d'une belle et inébranlable assurance ; l'opportunité, la justice même de ces interventions n'est pas en cause ici, pas plus que le plus ou moins d'échos que trouvaient en réalité, auprès des peuples et des rois, ces plaidoyers ou ces réquisitoires éclatants, ces retentissants appels de combattant ou ces majestueuses impré-

1. Publié à Genève chez Guisletty, 1867, in-8, 16 pages; et depuis, sous le titre de *Mentana*, en 1875, dans *Pendant l'Exil*, 1867, VIII, et dans les *Années funestes*.

2. *Pendant l'Exil*, 1864, I.

3. *Ibid.*, 1865, III.

4. *Ibid.*, 1865, II.

5. *Ibid.*, 1867, IV.

6. *Ibid.*, 1865, IV.

7. *Paris Guide*, par les principaux écrivains et artistes de France. Paris, Lacroix, Verbœckhoven et Cie, 1867, 2 vol. in-16. Tome Ier; I-XLIV. *Introduction par Victor Hugo*.

8. *Pendant l'Exil*, 1869, III, 4 et 17 septembre, Discours d'ouverture et de clôture.

cations d'augure. Bornons-nous à constater que, de 1859 à 1870, un état d'esprit nouveau, progressant chaque jour et dû au contact plus direct et plus répété avec la popularité, a fait de l'exilé de 1852, crispé dans sa colère solitaire, un prophète épanoui dans la certitude de son autorité mondiale. Ne reçoit-il pas des lettres portant cette seule adresse : *Victor Hugo, Océan*?

Stabilisé dans sa gloire, plus que jamais il organise méthodiquement sa vie privée. Tous ceux qui sont allés le voir à Guernesey entre 1859 à 1870 ont été frappés de l'hygiène rigoureuse dont il suivait les lois : régime scrupuleux d'alimentation, d'ablutions, de promenades ; travail en pleine lumière dans son lock-out vitré de toutes parts comme une serre et aéré par le souffle marin ; il en a banni tous meubles, toutes tentures et tous objets d'art : il écrit debout pour ne jamais entraver le plein jeu de ses mouvements respiratoires. Il apporte à l'observance des règles qu'il s'est imposées toute l'application d'un athlète qui concentre et ramasse ses forces pour un prochain combat. Chaque année, pendant trois mois, il change de climat : de 1860 à 1870, dix années durant, il excursionne ou séjourne dans les pays rhénans ; de la Zélande à la Suisse, il parcourt, en touriste amoureux de ses aises, des pays pittoresques et salubres. Au cours de ces voyages, il travaille peu : il observe, jette sur ses albums quelques notes ou quelques vers au hasard des rencontres et de l'inspiration, et surtout il dessine. Rien ne le presse plus : sa fortune assise lui laisse tout loisir de différer l'heure des publications fructueuses.

En effet, la vente de ses œuvres antérieures à 1859 s'est accrue chaque jour ; elle est devenue pour lui la source de gros revenus ; viennent s'y ajouter les sommes immédiatement réalisées pour la cession temporaire de ses droits d'auteur sur *Les Misérables*, 300 000 francs, sur *Les Travailleurs de la Mer*, 120 000 francs, sur sept autres volumes dont l'*Homme qui rit*, 280 000 francs, pour ne parler que des œuvres les plus importantes[1]. En 1867, les représentations

1. Cf. Revue de France du 1er novembre 1923, *Victor Hugo et ses éditeurs*, p. 90-91, par Pierre de Lacretelle ; et, dans Georges Beaume, *Au Pays des lettres*, Paris, 1902, ch. VI, une conversation de l'éditeur Lacroix qui dit avoir versé un million à V. Hugo pour les *Misérables*, p. 183.

d'*Hernani* lui rapportent 55 000 francs. Il administre cette fortune croissante avec minutie : il exige que ses éditeurs le payent en or anglais, il tient un compte exact de ses dépenses et de ses gains. Ennemi de toute prodigalité pour lui-même et pour les autres, il thésaurise avec une prudence bourgeoise : parce qu'il s'est enfin constitué un fonds de réserve qui le met désormais à l'abri de toute inquiétude pécuniaire, il est prêt à tout événement; il peut, en attendant, jouir avec plénitude de toutes les compensations que l'aisance apporte à la vie d'un exilé. Il y a là un élément d'équilibre qui n'est point négligeable.

A Guernesey même, ses rapports avec les habitants de l'île s'améliorent de jour en jour. Il avait été tenu pour suspect à son arrivée : malgré leur esprit d'indépendance à l'égard du gouvernement anglais, les Guernesiais regardaient de mauvais œil l'expulsé de Jersey, coupable de s'être associé à une manifestation injurieuse à l'égard de la reine. Il y eut plus : dans la petite ville protestante et puritaine de Saint-Hélier, les relations du poète avec Juliette Drouet avaient été un scandale. V. Hugo avait acheté pour sa maîtresse, à quelques pas du logis conjugal, une maison où il allait souper chaque soir et d'où il ne rentrait que tardivement dans la nuit. Étrangers à toute conception romantique, les Guernesiais ne pouvaient admettre que le génie affranchisse l'homme des lois de la morale commune, et la régularité même de cette existence irrégulière les étonnait et les tenait en défiance. Mais l'habitude, jointe à l'attitude discrète de Juliette, finirent par émousser des commérages tout d'abord acérés : la résignation et la dignité de Mme Hugo aidèrent à l'apaisement, et peu à peu quelques Guernesiais franchirent le seuil d'Hauteville-House. Mme Hugo, dans sa tendresse maternelle, souffrait de l'absence de toute relation, moins pour elle-même que pour sa fille Adèle : indulgente et généreuse à toutes les misères autour d'elle, elle eut un jour un élan de charité désintéressée qui eut pour tous les siens les plus heureuses conséquences. Elle était frappée de la misère physiologique des jeunes enfants du peuple à Guernesey ; elle s'apitoyait de les rencontrer sur le port, mal vêtus, étiolés et chétifs : sa première idée fut celle de l'établissement d'une crèche, et d'une vente de charité pour en constituer les premiers fonds ; mais sur cette vente elle ne recueillit que 2 000 francs, qui furent versés entre les mains du prévôt de la reine à Guernesey ; alors, de concert avec son mari, elle offrit une fois par semaine un goûter ou un dîner à ces enfants pauvres [1] ; le jour de Noël on leur donnait une fête et on leur distribuait des cadeaux. Une admiratrice passionnée du poète, la fille du baillif de Guernesey, miss Stafford Carey, trouva dans ces réunions l'occasion désirée de le rencontrer ; et, dès lors, l'on vit la meilleure société de l'île fréquenter la maison du poète aux jours des réunions d'enfants. D'année en année, ces fêtes brillèrent de plus d'éclat ; elles devinrent des solennités où V. Hugo prononça des discours ; il se plut souvent à se dire le promoteur des diverses institutions d'assistance à l'enfance qui se créèrent à Londres à cette date. Les harangues de V. Hugo aux dîners des enfants pauvres, sa correspondance avec les journalistes de Guernesey et de Londres au sujet des sociétés de secours à l'enfance ont été publiées in extenso par lui dans *Pendant l'Exil*, et la place même qu'il accorde à ces harangues et à ces lettres témoigne de toute l'importance qu'elles ont à ses yeux [2]. Il s'était par là, dans l'entourage immédiat de la population de Saint-Hélier, « concilié cette estime du monde dont on aime toujours à jouir, même quand on est un très grand homme ». Une représentation d'*Hernani* eut lieu le 31 janvier 1868 au petit théâtre de Guernesey [3] : une couronne de lauriers fut offerte au poète par Doña Sol, et un triple ban salua le nom de V. Hugo : « Three cheers for Mr. Victor Hugo » ; et, malgré le petit nombre de spectateurs, le cœur de l'exilé fut touché par cet hommage local.

1. Pour ce qui concerne l'établissement du dîner des enfants pauvres, cf. la lettre à l'éditeur Castel, du 5 octobre 1862, dans *Pendant l'Exil*, 1862, IV ; on trouvera des discours de V. Hugo dans le même recueil, 1867, IX ; 1868, VI ; 1869, VIII ; et, dans les Notes des années 1866 et 1867, des extraits de journaux anglais et des lettres de philanthropes fondateurs d'institutions analogues.

2. Il était sur ce point en désaccord avec son fils Charles, qui blamait cette publicité donnée à « l'aumône qui doit se cacher ». Cf. le Carnet de 1862 à la date du 5 mars. *Annales littéraires* du 9 janvier 1910, p. 27.

3. Voir dans les *Annales littéraires* du 23 janvier 1910, p. 83, le carnet de V. Hugo à la date du 27 janvier 1868.

Dans tous ces triomphes de sa gloire, dans toutes ces satisfactions diverses, détente de l'opinion publique à Saint-Hélier, richesse décuplée, vie confortable, voyages, contacts multipliés avec la popularité, autorité mondiale reconquise, la sérénité de l'exilé trouve désormais une assise assez solide pour n'être pas ébranlée par les malheurs et les deuils domestiques.

La plus cruelle aventure fut la fuite de sa fille Adèle. Adèle Hugo, la seconde fille du poète, avait vingt-deux ans en 1852 : elle passa la fleur de sa jeunesse dans les pires moments de l'exil. « Ma chère et noble enfant, écrit Mme Hugo à J. Janin, donne ses belles années à l'exil et préfère un rocher aux plaisirs de son âge parce que son père habite ce rocher. Elle met sa joie et sa fierté à avoir sa part de cette grande et austère existence. Dans une situation d'exception Dieu a donné à notre cher proscrit un être d'exception. » Adèle était de tempérament délicat et nerveux : sa santé fut la constante préoccupation de sa mère[1]. Lorsqu'elle atteignit l'âge de trente ans, Adèle manifesta le désir de se marier ; il y eut à ce sujet de violentes scènes de famille[2] ; son humeur s'assombrit de jour en jour ; et, le 18 juin 1863, elle quitta Guernesey avec l'une de ses amies, Mme Evans, déclarant qu'elle allait retrouver sa mère qui était à Paris. En réalité, elle alla rejoindre l'officier anglais Pinson et le suivit jusqu'à la ville lointaine d'Halifax en Nouvelle-Écosse ; là, elle perdit la raison ; elle ne devait plus reparaître à Guernesey pendant les mois d'exil. A cette cruelle absence vint s'ajouter le départ de ses fils qui se mouraient d'ennui à Saint-Hélier, et qui allèrent chercher une situation à Paris. François-V. Hugo partit quelques mois après la mort de sa fiancée Emily de Putron, en janvier 1865, Charles Hugo alla se marier à Bruxelles au mois d'octobre de cette même année ; ils ne revinrent plus[3]. Le vide se faisait de plus en

1. Cf. lettre de Mme Hugo à Mme E. de Girardin, 21 novembre 1862, citée par E. Biré, *V. Hugo après 1852*, p. 155-157.

2. Cf. Chenay, *Victor Hugo intime*, p. 140 et sq. Il y a lieu d'être en garde contre l'animosité de Chenay, qui rend V. Hugo entièrement responsable de la folie de sa fille.

3. Cf. Paul Stapfer, *Victor Hugo à Guernesey*, p. 32.

plus dans la maison de l'exilé : en avril 1868, il recevait la nouvelle de la mort de son petit-fils, le premier-né de Charles Hugo ; le 20 août de la même année, Mme V. Hugo, depuis longtemps malade, devenue presque aveugle et obligée à de fréquents voyages sur le continent, mourait à Bruxelles presque subitement. Il y avait là bien des sources de douleurs, et l'on ne peut mettre en doute la souffrance de V. Hugo. Il estimait et vénérait Mme Hugo ; il chérissait ses enfants. Conclure de ses écarts de conduite à son indifférence à l'égard de sa femme, chercher dans quelques accès d'égoïsme ou dans quelques sursauts de colère la preuve de son insouciance à l'égard de sa fille, ce serait méconnaître les contradictions inhérentes à la nature humaine, et dont le génie ne préserve pas plus que la médiocrité. Sans doute, la sensibilité était chez V. Hugo très moyenne et son imagination grossissait bien plus ses visions et ses idées que ses émotions, mais il faut considérer surtout que le travail et la gloire sont de puissants dérivatifs ; sans être de ceux qu'une heure de travail console de tout chagrin, V. Hugo, à l'époque de toutes ces épreuves, put, dans la composition de ses œuvres et dans son rôle de directeur de conscience des peuples, trouver de prompts apaisements à ses tristesses ; et pourquoi ne pas supposer qu'il dut faire appel à toute sa volonté pour comprimer son trouble et garder l'impassibilité morale qui était nécessaire au libre jeu de ses forces intellectuelles?

Il ne nous appartient ici ni de juger la conscience de V. Hugo, ni de former des hypothèses favorables ou défavorables sur le plus ou moins de profondeur ou de délicatesse de ses affections[1] ; ce qu'il importait de constater pour nous, c'est l'état d'esprit qui fut le sien de 1859 à 1870, pendant qu'il continuait de composer les poèmes de la seconde *Légende des Siècles*. Or, cet état d'esprit est sensiblement différent de celui de 1852-1859 ; il n'en a ni l'unité, ni la violence : c'est une progression vers l'apaisement de l'âme et vers l'élargissement de l'action.

---

1. En contraste avec les affirmations de Chenay dans *V. Hugo à Guernesey*, de Mme Lesclide, *V. Hugo intime*, de Biré, *V. Hugo après 1852*, lire celles de Gustave Simon dans les *Annales littéraires* du 6 mars 1910, p. 229.

II. — Après l'exil. 1870-1877.

Le 4 septembre 1870, la proclamation de la République ouvrit l'âme de V. Hugo à tous les espoirs. L'auteur des *Châtiments* n'était-il pas celui qui avait porté à l'Empire maintenant déchu les plus rudes coups, et n'était-il pas politiquement logique qu'il apparût ce jour-là comme le triomphateur et comme le chef désigné[1] ? Allait-on refuser la palme au vainqueur ? Depuis quelques jours V. Hugo attendait à Bruxelles l'appel de ses amis. Dès le lendemain du 4, il arrivait à Paris. Il était trop tard. La veille à dix heures du soir le ministère du gouvernement provisoire avait été constitué ; les noms des amis de V. Hugo, ceux de Blanqui, de Pyat, de Delescluze et de Flourens, proposés par le parti révolutionnaire réuni à l'Hôtel-de-Ville, avaient été écartés ; il n'avait pas été question de V. Hugo lui-même. Néanmoins, le grand proscrit put croire un instant sa popularité assez puissante pour que la foule imposât son nom aux politiciens. Car, en rentrant à Paris, il eut vraiment l'impression d'entrer dans l'apothéose de sa gloire :

« Nous sommes arrivés à Paris à neuf heures trente-cinq. Une foule immense m'attendait. Accueil indescriptible. J'ai parlé quatre fois. Une fois du balcon d'un café, trois fois de ma calèche. En me séparant de cette foule, toujours grossie,

---

1. Il ne semble pas douteux que V. Hugo ait eu cet espoir. M. Marius-Ary Leblond écrit dans un article de la *Grande Revue* (1er mars 1902, p. 659), intitulé *La Conscience politique de V. Hugo* : « Consulté de tous les proscrits, conseiller de tous les républicains restés à Paris, âme et flamme de toutes les revendications, V. Hugo fut le vrai président de la République française jusqu'au jour où un Thiers et un Mac-Mahon en devaient usurper le titre en rétablissant la fonction. Il faut reconnaître que, de tous les écrivains français, à peu près seul M. Paul Adam sut ressentir et exprimer le regret de ne l'avoir pas vu représenter devant l'Europe respectueuse la France à la fois délivrée et amoindrie. » Au moment où Larousse en 1866 préparait son Grand Dictionnaire encyclopédique, il aurait eu l'intention de mettre l'œuvre sous le patronage du grand exilé. Il s'en serait ouvert à Charles Hugo, qui aurait refusé, dit-on, au nom de son père, en disant que le futur Président de la République ne pouvait se compromettre avec tous les collaborateurs de Larousse.

qui m'a conduit jusque chez Paul Meurice, 26, rue de Laval, avenue Frochot, j'ai dit au peuple : — Vous me payez en une heure vingt ans d'exil. — On chantait la *Marseillaise* et le *Chant du départ*. On criait : Vive Victor Hugo ! A chaque instant, on entendait dans la foule des vers des *Châtiments*. J'ai donné plus de six mille poignées de main. Le trajet de la gare du Nord à la rue de Laval a duré deux heures. On voulait me mener à l'Hôtel-de-Ville. J'ai crié : — Non, citoyens ! je ne suis pas venu ébranler le gouvernement provisoire de la République, mais l'appuyer. — On voulait dételer ma voiture. Je m'y suis opposé. Une femme a tenu tout le temps la bride d'un des chevaux [1]. »

A partir de cette rentrée triomphale, toute la conduite, toutes les pensées, tous les discours de V. Hugo sont orientés vers ce but : affermir, agrandir sa popularité dans Paris. Ce Paris qui l'acclamait, il l'avait flatté toute sa vie, il avait glorifié son passé dans *Notre-Dame de Paris*, exalté son avenir dans *les Misérables*, et plus encore dans la préface du recueil de l'exposition de 1867 : « Paris est le point vélique de la civilisation... *Urbs* résume *orbis*... Le genre humain remorqué suit. »

A plus forte raison, la France devait-elle se montrer complaisante. Aussi, le premier mot de V. Hugo aux Parisiens, dès qu'il eut mis le pied sur le sol de la Ville-Lumière, fut-il celui-ci : « Paris est la ville de la civilisation ; et savez-vous pourquoi ? C'est parce que Paris est la ville des révolutions [2]. » Puis il attendit ; le surlendemain un journaliste vint le questionner. « Innombrables visites. Innombrables lettres. Rey [3] est venu me demander si j'accepterais de faire partie d'un triumvirat ainsi composé : Victor Hugo, Ledru-Rollin, Schœlcher. J'ai refusé. Je lui ai dit : Je suis impossible à amalgamer [4]. » De toute évidence, V. Hugo se réserve ; peut-être V. Hugo estime-t-il que les affaires du

1. Carnets de Victor Hugo. 5 septembre 1870. *Choses vues*, Édition Ollendorff, 1913, tome II, p. 144.

2. *Depuis l'Exil*, I, *Rentrée à Paris*, allocution au peuple.

3. Représentant du peuple en 1848, rédacteur du *National*, devint préfet du Var.

4. Carnets de Victor Hugo. 6 septembre 1870. *Choses vues*, *op. cit.*, tome II, p. 145.

pays seraient mieux conduites s'il en avait la direction, et c'est l'ambition légitime de tout homme politique qui a des convictions, mais il ne veut pas se poser en adversaire du gouvernement. Créer des embarras au gouvernement dans l'état où se trouvait la France, eût été à la fois une mauvaise action et une maladresse. La conscience de V. Hugo en aurait souffert, et sa popularité en eût été compromise : écueil à éviter. V. Hugo continue donc à enfler de son mieux le vent de la faveur populaire. Il publie son *Appel aux Allemands*, cette généreuse naïveté, puis l'*Appel aux Français* et l'*Appel aux Parisiens* : trilogie oratoire où il prêche tour à tour la Paix, la Guerre et l'Union, mais où le fond du développement reste toujours l'apologie de Paris et des Parisiens.

Le 22 septembre 1870, les commandants de la Garde nationale joints à vingt délégués des arrondissements allèrent à l'Hôtel-de-Ville réclamer l'élection immédiate de la Commune : le gouvernement différa sa réponse en raison de l'imminence de l'attaque des armées prussiennes. Quinze jours après, V. Hugo dit[1] avoir rencontré un délégué du XIe arrondissement qui lui aurait demandé ce qu'il fallait faire si le gouvernement se refusait à toute élection : « Fallait-il l'attaquer de vive force ? On suivrait mes conseils. J'ai répondu que la guerre civile ferait les affaires de la guerre étrangère et livrerait Paris aux Prussiens. » Cependant les *Châtiments* sont réimprimés ; il s'en vend près de cent mille exemplaires ; ils sont récités sur toutes les scènes de Paris au profit des besoins de la défense[2] : avec le produit de l'une des représentations on fond un canon qui s'appelle Victor Hugo ; le premier ballon qui s'envole de Paris porte le même nom et c'est le nom du grand exilé que l'édilité parisienne inscrit sur une partie du boulevard Haussman. Victor Hugo détaille sur ses *Carnets*, sans rien omettre, tout ce qui marque cette ascension continue de sa popularité. On y lit presque sur le même plan : « On m'a distribué en passant sur le boulevard l'adresse sur carte d'un magasin de machines à coudre, Bienaimé et Cie,

1. *Ibid.* Carnet du 7 octobre, p. 149.
2. On trouve dans *Depuis l'Exil*, V, *Les Châtiments*, le programme et le produit de toutes les représentations.

boulevard Magenta, 46. Derrière il y a mon portrait[1] » et : « A minuit des gardes nationaux sont venus me chercher pour aller à l'Hôtel-de-Ville *présider*, disaient-ils, le *nouveau gouvernement*. J'ai répondu que je blâmais cette tentative et j'ai refusé d'aller à l'Hôtel-de-Ville[2]. »

Ce qui émane de toutes ces confidences, c'est que V. Hugo de plus en plus goûte avec joie la satisfaction de se sentir admirer et de remplir un rôle dans la grandeur duquel il se complaît : être le conseiller du peuple et l'exemple du dévouement au pays.

Il déclare vouloir aller accompagner, sur le champ de bataille, sans armes, la batterie d'artillerie de la garde nationale dont ses deux fils font partie, et regrette de se voir interdire cette bravade par des délégués du 144e bataillon ; il note : « Quand sera-ce mon tour? » Et, son exaltation croissant au souffle de la popularité, nul doute qu'il n'y ait une grande part de sincérité dans cette attitude[3]. Il achète une capote et un képi, et la foule l'acclame dans ce costume qui le rapproche d'elle. On colporte ses bons mots et ses improvisations. Puis Paris capitule, l'armistice est signé, et les élections à l'Assemblée nationale, retardées par le danger, ont enfin lieu le 8 février : V. Hugo est élu le second, sur la liste de Paris, avec 214 169 voix.

A-t-il enfin réalisé son rêve? — L'illusion sera de courte durée. A Bordeaux il peut constater que la France ne suit pas Paris et que l'Assemblée le considère comme l'élu d'un parti suspect : « L'ovation que le peuple m'a faite hier est regardée par la majorité comme une insulte pour elle. De là un grand déploiement de troupes sur la place (armée, garde nationale, cavalerie). Avant mon arrivée il y a eu un incident à ce sujet. Des hommes de la droite ont demandé qu'on protégeât l'Assemblée (contre qui? contre moi, à ce qu'il paraît). »

Sans doute, il s'exagère l'importance attribuée à sa personne ; mais ce qui est de toute évidence, ce qu'il lui faut

1. 18 octobre.

2. 31 octobre.

3. Il faut sans doute se défier des affirmations de E. Biré au sujet de la couardise de V. Hugo. Cf. *V. Hugo après 1852*, p. 238-239.

constater, c'est l'hostilité de l'Assemblée à l'égard de Paris et des idées qu'il représente. La désillusion commence ; elle est vite complète : en vain il essaie d'une réunion de son parti avec celui de Gambetta. « Je ne crois pas que mon projet de fusion ou même d'entente cordiale réussisse[1]. » Il est amené à abandonner les fonctions de président de la gauche radicale, et il agite avec Brisson, Rochefort et Pyat la question d'une retraite en masse de ses collègues. Il n'est pas suivi. Songe-t-il dès lors à se retirer avec éclat, ou sa démission, au sujet du refus de la validation de l'élection de Garibaldi, fut-elle un accident de séance, suivi d'une persistance voulue dans l'attitude une fois prise ? Il faut avant tout penser que cette démission est un geste qui le satisfait : il y a chez V. Hugo un état sentimental qui prédomine sur l'ambition. Il faut lui rendre cette justice : l'adversaire du régime impérial qui s'exila vingt ans ne fut jamais l'homme des compromis ; il recherche les belles attitudes avec excès peut-être, mais par noblesse d'âme aussi.

Une seconde fois les ovations de la foule parisienne vont le payer de son sacrifice, s'il y a eu sacrifice. La mort de son fils Charles l'oblige à rentrer précipitamment à Paris, et les funérailles sont l'occasion d'une « ardente et sympathique » manifestation de la population parisienne. « On a jeté des fleurs sur le tombeau. La foule m'entourait. On me prenait les mains. *Comme ce peuple m'aime et comme je l'aime !* »

Toute l'explication de l'attitude de V. Hugo à l'égard de la Commune est dans cette politique, dont nous venons de raconter les incidents. V. Hugo se sent lié à cette foule admiratrice ; il escompte, pour l'avenir, son ardeur et sa sympathie.

Mais l'accueil, que lui fit la majorité dans l'Assemblée de Bordeaux lui a montré qu'actuellement Paris ne pouvait rien. L'insurrection menaçant, il juge donc prudent de se retirer à Bruxelles, où il apprend avec une sorte de soulagement qu'il n'est pas nommé membre de la Commune. « Ma nomination ne semble pas se confirmer. Tant mieux. » Il lui suffit, pour l'instant, de rester le directeur de conscience de

1. 25 février.

ce peuple et de se le réserver pour l'avenir, lorsqu'il sera plus sage ; en attendant, il blâme tout d'abord les mesures militaires prises par le gouvernement contre l'insurrection :

> Quand finira ceci ? Quoi ! ne sentent-ils pas
> Que ce grand pays croule à chacun de leurs pas ?
> Châtier qui ? Paris ? Paris veut être libre....
>
> *Un cri*, Bruxelles, 15 avril 1871.

Puis, navré de voir que les insurgés se compromettent et se condamnent aux yeux de tous les Français par leurs violences et leurs crimes, il tente de ramener au sentiment de la justice les hommes qui dominaient la Commune et la précipitaient sous prétexte de talion dans l'arbitraire et la tyrannie ; il désapprouve leurs « représailles »[1] :

> J'ai payé de vingt ans d'exil ce droit austère
> D'opposer aux fureurs un refus solitaire
> Et de fermer mon âme aux aveugles courroux ;
> Si je vois les cachots sinistres, les verroux,
> Les chaînes menacer mon ennemi, je l'aime,
> Et je donne un asile à mon proscripteur même ;...
> Je sauverais Judas si j'étais Jésus-Christ.
> Je ne prendrai jamais ma part d'une vengeance.

Le poème est plein de hauteur et de dignité morales ; mais appeler *représailles*[2] des menaces criminelles et des crimes, c'était reconnaître et affirmer que le droit était du côté des révoltés. Ce droit, il ne cesse de le proclamer aux

1. *Pas de représailles*, 21 avril 1871. On connaît le décret de la Commune en date du 5 avril : « Toute personne prévenue de complicité avec le gouvernement de Versailles sera immédiatement décrétée d'accusation et incarcérée... Tous les accusés... seront les otages du peuple de Paris. Toute exécution d'un prisonnier de guerre ou d'un partisan du gouvernement régulier de la Commune de Paris sera sur le champ suivie de l'exécution d'un nombre triple d'otages. »

2. Cf. ce qu'en pensait Paul de Saint-Victor lui-même, le familier, le commensal et l'admirateur passionné du poète : « Si le poète n'absout pas la Commune, il voile ses crimes, il pallie ses hontes, il cherche des circonstances atténuantes à ses forfaits inexpiables, il étend sur elle une si large indulgence, qu'elle équivaut à l'impunité. Il traite à l'égal d'une Révolution discutable l'insurrection scélérate, qui renia, devant l'ennemi, l'idée qu'on voit tressaillir confusément encore au fond des plus viles émeutes de l'histoire, celle de la Patrie. » *Victor Hugo*, par Paul de Saint-Victor, p. 275.

heures les plus graves. Dans des vers héroïques et où sonne le clairon de *l'Expiation,* il apostrophe les démolisseurs de la colonne Vendôme, mais il a soin de déclarer en passant :

> ... De ces deux pouvoirs dont la colère croît,
> L'un a pour lui la loi, l'autre a pour lui le droit :
> Versaille a la paroisse et Paris la Commune[1].

Enfin, passant des paroles aux actes, après la défaite de l'insurrection, et affirmant que le gouvernement régulier est aussi criminel que celui de la Commune, il offre dans sa demeure de Bruxelles un asile aux rebelles fugitifs[2]. Des Bruxellois indignés lancent des pierres contre les fenêtres de sa maison ; il est expulsé de Belgique : il se réfugie à Vianden, dans le Luxembourg. Et le voici de nouveau aux yeux du parti révolutionnaire dans l'attitude d'un martyr. Mais l'auberge de Vianden n'a pas, aux yeux de Paris, la grandeur du rocher de Guernesey : les élections de juillet 1871 n'accordent à V. Hugo que 58000 voix.

Le rêve politique du poète s'évanouit.

De retour à Paris et candidat aux élections de 1872, il se voit préférer un adversaire déterminé « des horreurs de la Commune », l'obscur Vautrain. Le dernier coup est porté ; et, somme toute, le poète garde au fond de lui-même l'impression d'une mésalliance infructueuse : « Dans la tourbe au milieu de laquelle il vit, écrivent les Goncourt en mars 1872, dans le contact imbécile et fanatique qu'il est obligé de subir, dans les mesquineries idiotes de la pensée et de la parole qui le circonviennent, l'illustre amoureux du grand, du beau, enrage au fond de lui... Parfois, dans l'envahissement de son salon par les *hommes à feutre mou,* il se laisse retomber, avec une lassitude indéfinissable, sur son divan, en jetant dans une oreille amie : « Ah ! voilà les hommes « politiques[3] ! »

---

1. Cf. aussi la Lettre datée de Bruxelles, 28 avril 1871, mais non publiée à cette date et parue seulement en 1875 dans *Depuis l'Exil,* IV.

2. Sur l'attitude de V. Hugo à l'égard des fugitifs de la Commune, cf., à la suite de la Revue de la Presse, les deux pièces justificatives et les opinions différentes de F. Sarcey et de C. Pelletan.

3. *Journal des Goncourt,* dimanche 24 mars 1872.

Le prestige des vers splendidement épiques de *l'Année Terrible*, parue le 20 avril 1872, rendit au poète, « illustre amoureux du grand et du beau » l'admiration fervente des lettrés ; mais ni l'*Année Terrible*, ni le journal *Le Peuple Souverain*, fondé en mai, ne réussirent à conquérir au politique une popularité de bon aloi : il sentit le péril qu'il y aurait à continuer une campagne « *pro jure contra legem* », il partit pour Guernesey :

Puisque je suis étrange au milieu de la ville,...
Puisque je déraisonne à ce point de penser
Que la victoire aimante est la seule victoire,...
Et qu'un peu de clémence est nécessaire après
La sanglante arquebuse et les noirs couperets ;
Puisque je perds mon temps à répéter ces choses,
Et puisqu'on ne veut pas même en faire l'essai,
Laissez-moi retourner à mon noir Guernesey.
Là, point de lâcheté, là, point de bâtardise,
Là je pense, et ne vois rien qui me contredise,
Et librement je marche et respire, et je vis,
Le grand Océan sombre étant de mon avis.

27 juillet [1872] [1].

* * *

V. Hugo débarqua dans les îles anglo-normandes le 8 août 1872 :

Je la revois après vingt ans, l'île où Décembre
    Me jeta pâle naufragé.
La voilà ! c'est bien elle. Elle est comme une chambre
    Où rien n'est encor dérangé ;
Oui, c'était bien ainsi qu'elle était ; il me semble
    Qu'elle rit et que j'aperçois
Le même oiseau qui fuit, la même fleur qui tremble
    Et le même oiseau dans les bois... [2]

Mais l'âme du poète était changée : deux années avaient

1. *Les Quatre Vents de l'Esprit*, I, 39.

2. *8 août 1872. En arrivant à Jersey* dans *Toute la Lyre*, V, 29 : il faut lire toute la pièce dont la simplicité et l'émotion douce sont exquises.

suffi pour transformer à son égard l'opinion publique. Accueilli à son arrivée à Paris comme un triomphateur par l'ensemble de la population, il n'etait plus à cette heure que le représentant d'une minorité suspecte, et pour l'instant désavouée par la nation. Une grande mélancolie l'étreignait. Mais ne demeurait-il pas le prisonnier de sa fière attitude de jadis ? Il mit son honneur à ne point la démentir :

Quand le flot, mon témoin,
Tremble, je crie au vent : Marchons ! quand le vent tourne
Je dis au flot : Plus loin !
Et j'avance et toujours plus d'ouragan m'emporte.

V. Hugo n'était point de ceux qui reculent : mais il n'y a plus ici, comme en 1859, exaspération de colère et de rancune. Le temps a fait son œuvre : il entre maintenant de la résignation dans son désenchantement : le vieillard accepte avec douleur encore, mais avec une douleur calme, les haines qu'il a soulevées :

...Je connais si bien l'autre côté des choses
Que toujours je regarde en mes apothéoses
La hauteur du rocher d'où je devrai tomber.
Le sort change — je l'ai subi sans me courber —
Une femme en squelette, un palais en masure.
Et c'est pourquoi, passant fraternel, je mesure,
Souriant et pensif, sans retirer ma main,
A l'amour d'aujourd'hui la haine de demain.
Aux éblouissements de l'aube je calcule
La morne hostilité qu'aura le crépuscule.
Qui ne fut point haï n'a vécu qu'à demi.
Et, tâchant d'être bon, je laisse, ô mon ami,
Passer l'un après l'autre, en cette ombre où nous sommes,
Tous les faux lendemains de la terre et des hommes,
Sûr de ce lendemain immense du ciel bleu
Qu'on appelle la mort et que j'appelle Dieu ! [1]

Hauteville-House garda Victor Hugo une année entière, du commencement d'août 1872 au 30 juillet 1873. Il laissa passer les événements, il y apprit que la présidence de la République était donnée à Mac-Mahon, il y reçut et déclina

1. Guernesey, 2 septembre 1872. *Toute la Lyre*, III, 21, *A Paul Meurice*.

l'offre des électeurs de Lyon et d'Alger qui l'invitaient à se présenter à leurs suffrages :

> Et, lointain,
> Mais présent, je regarde et juge le destin...
> ... Vieux, faible et vaincu, j'ai désormais pour joie
> De rêver immobile en quelque sombre lieu ;
> Là, saignant, je médite et, lors même qu'un dieu
> M'offrirait, pour rentrer dans les villes, la gloire,
> La jeunesse, l'amour, la force, la victoire,
> Je trouve bon d'avoir un trou dans les forêts,
> Car je ne sais pas trop si je consentirais[1].

Manifestement, V. Hugo se désintéresse d'une lutte, inégale et sans espoir, contre un gouvernement qui, malgré la résistance de l'opinion, incline chaque jour davantage du côté de la réaction. C'est au travail retrouvé dans la solitude qu'il va demander l'emploi de son activité et sa consolation.

A cette halte des ambitions politiques de l'homme, nous devons le réveil du poète et les dernières manifestations de son génie. A soixante et onze ans, il a encore presque toute la souplesse et toute la plénitude de ses facultés intellectuelles : dans le cours de cette année passée à Guernesey, il dépouille et annote des livres d'histoire, il compose le roman de *Quatre-Vingt-Treize*[2]. Il travaille au *Théâtre en Liberté*[3]. Il écrit neuf poèmes[4] pour la *Légende des Siècles*, dont les *Trois Cents*, qui témoignent de la puissance persistante de son imagination et de son sens artistique. Fructueuse et noble retraite : le poète et l'homme y reconquéraient leur sérénité. Mais ses petits-enfants, son fils François-Victor gravement atteint rappelaient V. Hugo à Paris : Hauteville-House

1. Hauteville-House, 24 septembre 1872, *L'exilé satisfait*, sert d'introduction à l'*Art d'être Grand-Père*.

2. Cf., dans la *Revue universitaire* du 15 février 1914, la liste des trente-huit volumes lus et annotés par V. Hugo : Paul Berret, *Comment V. Hugo prépara son roman historique de Quatre-Vingt-Treize*, pp. 136-145.

3. *Les Gueux*, 12 septembre 1872. *Théâtre en Liberté*, éd. Ollendorff, 1911, p. 211-216. *Sur la lisière d'un bois*, 16 juin 1873. *Ibid.*, p. 175-181.

4. *Écrit en Exil*, *Le Roi de Perse*, *Victorieux ou mort* (3e Légende). *Les Fourches caudines* (3e Légende). *Aux Rois*, *Les Trois Cents*, *Les Bannis*, *En Grèce* (3e Légende). *Le Travail des Captifs*. D'autres poèmes, comme *Jean Chouan*, remontent également à cette date.

ne reverra plus que l'ombre du poète : en 1878, après l'attaque d'apoplexie qui amoindrit les forces de son esprit et de son corps, il débarquera à Saint-Hélier, pesant et alourdi, pour demander à la salubrité de l'air marin et au silence de la retraite une guérison qui ne vint qu'imparfaitement. Le départ de Guernesey, en juillet 1873, fut le véritable adieu de V. Hugo à ce rocher d'exil, d'où pendant vingt ans avait rayonné la puissante lumière de son génie.

*
* *

L'influence de l'année passée à Guernesey fut salutaire à V. Hugo : il en revint toujours dressé dans l'orgueil de sa popularité, mais du moins assagi dans la violence de ses attitudes politiques[1]. Il continua à éviter les occasions de manifestations compromettantes ; il intervint dignement pour demander la grâce de Rochefort[2] ; sans abdiquer son rêve des États-Unis d'Europe, il refusa de présider le Congrès de la Paix à Genève, et eut le courage de souhaiter une guerre d'alliance européenne pour le salut de la France : *Servanda Gallia*[3] ; protecteur des humbles, il plaida pour le soldat Blanc condamné à mort[4]. Dégagé de la petitesse des ambitions et des compromissions, il s'évertue à réaliser l'alliance de ses devoirs de citoyen, de patriote et d'homme « Le penseur, dit-il lui-même sur la tombe d'Edgar Quinet, doit dilater sa paternité de la famille à la patrie, et de la patrie à l'humanité[5]. » Toutes ses affections familiales, V. Hugo

1. On lit dans le *Journal des Goncourt*, à la date du 27 décembre 1875 : « V. Hugo se laisse tomber sur le divan, parle du rôle de conciliation qu'il veut jouer dorénavant dans les assemblées, dit qu'il n'est pas un modéré, parce que l'idéal d'un modéré n'est pas le sien, mais qu'il est un *apaisé, un homme sans ambition et éprouvé par la vie.* »

2. Cf. la lettre au duc de Broglie, président du Conseil, 8 août 1873, *Depuis l'Exil*, II, XIV, et les notes des Carnets des 11 et 12 août, *Choses vues, op. cit.*, p. 211.

3. *La question de la paix remplacée par la question de la guerre*, à MM. les membres du Congrès de la paix à Genève, 4 septembre 1874. *Depuis l'Exil*, II-XIX.

4. *Pour un soldat*, 26 février 1875. Paris, Michel Lévy, in-8, 14 p. et *Depuis l'Exil*, II-XXII.

5. Obsèques d'Edgar Quinet, 29 mars 1875, *Depuis l'Exil*, II-XXIII.

les a reportées sur ses petits-enfants après la mort de son fils François-Victor Hugo ; et il écrit *l'Art d'être Grand-Père*, où l'on ne peut nier que la grâce de l'enfance et la bonhomie de l'aïeul ne soient souvent touchantes ; patriote et partisan déclaré depuis 1871 d'une revanche qu'il espère et qu'il escompte, il ne perd aucune occasion de magnifier la France ; humanitaire, il l'est à l'excès, il étend, sans distinction, sa pitié sur tous les condamnés.

Élu sénateur en 1876[1], il demande, contrairement à l'avis de Gambetta, l'amnistie pleine et entière pour tous les coupables de la Commune, et pour ceux-là même qui sont détenus pour des crimes de droit commun ; mais comme le temps est passé, où cet appel à une pitié dangereuse peut lui rendre son autorité de chef de parti, cette outrance semble plutôt à la foule la méprise d'un apôtre que la manœuvre d'un ambitieux[2]. Aussi, malgré quelques faiblesses secrètes de sa vie privée, malgré l'hostilité déchaînée d'un clergé auquel il rend invective pour invective, l'image du poète vieillissant s'idéalise-t-elle aux yeux de l'opinion publique : les ombres reculent et s'atténuent peu à peu dans le rayonnement de la gloire montante. Toutes les grandeurs du passé de V. Hugo évoluent, par le jeu normal des jugements humains, vers une synthèse, dont, bon gré, mal gré, il faut que s'éliminent les éléments mesquins.

En 1877, l'année où est publié le second recueil des épopées auquel il n'a cessé de travailler depuis son dernier retour de Guernesey, Victor Hugo commence à se dresser sur l'horizon de son siècle avec cette physionomie devenue légendaire, où il entre à la fois de l'énergie et de la majesté, du génie et de la bonté, et qui résume, aux yeux de la foule, tout ce que, sans souci des nuances et des contradictions, elle admire et veut admirer chez son plus grand poète.

---

1. Victor Hugo fut élu sénateur le 30 janvier 1876. Il ne passa qu'au second tour du scrutin et l'avant-dernier de la liste.

2. Gambetta disait lui-même dans son discours prononcé le 27 octobre 1876 à Belleville : « Ceux qui veulent l'amnistie totale sont mus par une générosité de sentiments ; mais qu'ils me permettent de leur dire qu'ils sont dupes de leur cœur et qu'ils trahissent, bien à leur insu, la cause qu'ils veulent servir. »

III

La seconde Légende des Siècles. Caractère particulier du recueil de 1877.

La première *Légende des Siècles* avait été composée d'une seule haleine : « Mon père est dans le coup de feu des Petites Épopées, écrivait François-Victor le 14 janvier 1859. Les distractions politiques que le public européen va se donner ce printemps lui ont démontré la nécessité de finir au plus vite son poème. » Le « coup de feu » durait depuis 1857 : ce fut pendant deux ans un travail quotidien, tendu, activé et intensifié par la joie même de la production. Rien ne l'interrompit, rien ne le troubla ; nulle distraction ; peu de participation à la vie politique ; aucune autre préoccupation littéraire ; à cette date Hugo n'entreprend ni roman, ni drame ; tous ses efforts sont concentrés ; de là l'impression d'unité vigoureuse que donne le recueil de 1859.

Il n'en est point de même pour la seconde *Légende* : après l'amnistie de 1859, V. Hugo rentre dans la lutte des partis ; une part de ses idées s'expriment dans ses discours ; son inspiration poétique se dissémine ; toutes ses pensées essaiment dans des œuvres diverses : les *Misérables*, les *Travailleurs de la Mer*, l'*Homme qui Rit*, les *Chansons des Rues et des Bois*, le *Théâtre en Liberté*, l'*Art d'être Grand-Père*, *Quatre-Vingt-Treize* et la *Légende des Siècles* mettent parallèlement en œuvre un fonds commun de considérations sociales, sociologiques et socialistes. Touts ces recueils se pénètrent, se complètent et s'éclairent les uns les autres. *Question Sociale* reprend le problème posé à propos de Fantine. Petit Paul n'est point sans parenté avec Cosette : il a le même sort et il est ému des mêmes sentiments ; son aïeul a lu l'*Art d'être Grand-Père* et il a des délicatesses de tendresse qui rappellent celles de Jean Valjean. Gwymplaine à la Chambre des Lords, Aïrolo dans *Mangeront-ils?,* V. Hugo lui-même dans *Clarté d'âmes,* dans le *Temple,* dans la *Comète* et la *Vérité,* évoquent avec un même lyrisme, avec les mêmes sautes d'imagination, avec les mêmes excès d'images, avec la même prodigalité de ténèbres, de nuits, de lumière, d'azurs et d'aurores, la victoire de l'amour, du bien et du progrès sur le Mal. *Le Groupe des Idylles* est une reprise des thèmes coutumiers des *Chansons des Rues et des Bois*; *Jean Chouan* est un épisode détaché de *Quatre-Vingt-Treize.*

Cette dispersion de la pensée de V. Hugo, ce flux et ce reflux continuels de son inspiration d'une œuvre à l'autre, n'ont point d'ailleurs changé les éléments constitutifs de son génie dont la première *Légende des Siècles* avait déjà montré tous les aspects.

En réalité les éléments de la seconde *Légende des Siècles* ne sont pas différents de ceux de la première : mêmes tableaux des civilisations passées, mêmes doléances de l'exilé ou du chef de parti méconnu, incluses dans un cadre historique, mêmes revendications en faveur de la justice, du droit et de la liberté, mêmes croyances métaphysiques.

La différence est dans le ton. La seconde *Légende* est presque partout montée d'une octave. La sonorité de l'épopée, la majesté de la philosophie, l'ampleur de la satire, tout y prend des proportions nouvelles. Instinctive ou voulue, la surenchère est partout manifeste : le poète tend à se dépasser lui-même pour atteindre dans la vision et dans l'expression les limites extrêmes de la grandeur.

*
* *

Il suffit de comparer, parmi les poèmes qui empruntent leur cadre à l'histoire, ceux qui furent achevés en 1859, *Homo Duplex* (1853), *Le Romancero du Cid* (1856), *Montfaucon, Gaïffer-Jorge* (1858), *Le Cid Exilé, Masferrer* (1859), à ceux qui furent composés ou mis au point pour la seconde *Légende, Les Sept Merveilles* et l'*Épopée du Ver,* poème primitivement unique (1862), *Les Trois Cents* (1873), *La Paternité* (1874), *Les Temps Paniques* et *Le Titan,* l'*Aigle du Cas-*

que (1875). Bien entendu, nous ne parlons pas ici des poèmes qui sont la traduction d'un texte : *Suprématie, Mésa, Les Bannis, Cassandre*, où il ne semble pas que l'agrandissement dépasse la mesure d'*Aymerillot* ou du *Mariage de Roland*. Mais *Les Sept Merveilles* et l'*Épopée du Ver* nous montrent dès 1862 combien ont progressé la puissance et la surabondance verbales. Le développement ne compte pas moins de onze cents vers inspirés par une seule et même idée, la vanité des œuvres humaines, et V. Hugo n'a presque rien emprunté à l'histoire[1], alors que pour le même thème il avait jadis utilisé largement dans *Zim-Zizimi* (1859) et Feydeau et Moreri. *Les Trois Cents* (1873) doivent beaucoup à Hérodote : l'imagination du conteur grec s'était elle-même complu dans le détail du colossal ; amoureux du merveilleux et de la légende, familier dans l'énorme, Hérodote semblait offrir une matière qui devait satisfaire amplement l'imagination de V. Hugo ; celui-ci ne s'est pas contenté des éléments, si nombreux et si pittoresques pourtant, que lui fournissaient les *Histoires*, et il a voulu y associer des souvenirs de la Bible et des visions dérivées de la science archéologique contemporaine. *L'Aigle du Casque*, dont l'idée première remonte au temps où V. Hugo lisait le *Journal du Dimanche*, offre dans les parties les plus récentes de son développement des élargissements subits de la pensée qui étonnent par leur apparence déclamatoire. A propos d'un fait particulier, il entre, à cette date, dans les habitudes du poète d'apercevoir tout à coup, et au moment le plus imprévu, la loi générale à laquelle ce fait se rattache ; et de cette loi générale l'expression nous semble au premier

1. Nous n'avons pas cru devoir revenir dans cette introduction sur la question des lectures de V. Hugo et des sources de son érudition. Nous en avons parlé longuement dans l'introduction de la *Légende des Siècles* de 1859. La méthode de travail du poète n'a point changé : un grand nombre de poèmes du recueil de 1877 ont d'ailleurs été composés à Guernesey avant la fin de l'exil ou pendant le séjour de 1872-73. Pour les poèmes composés à Paris sans brouillons ou notes apportés de Guernesey, il faut tenir compte des conversations orales : les sources mythologiques dérivent des conversations avec Paul de Saint-Victor, son commensal assidu (*cf.* p. 53) : tel vers des *Trois Cents* n'est que la reproduction d'une phrase prononcée à table par Flammarion (cf. p. 180). On constatera d'après les notices, où les sources particulières de chaque pièce sont indiquées, qu'à mesure que le poète avance en âge, il prend plus de liberté avec les éléments historiques qu'il utilise.

abord n'être qu'un truisme déconcertant. Hugo vient-il de rappeler que :

> Bruce hait Baliol comme César Pompée

il ajoute :

> Pourquoi ! Nous l'ignorons. Passez, souffles du ciel.
> Dieu seul connaît la nuit.

Et parce qu'Angus a provoqué Tiphaine, le poète constate :

> Peu de temps
> Suffit pour rapprocher deux hautains combattants
> Et pour dire à la mort qu'elle se tienne prête.
> L'éclair n'entendrait pas Dieu lui criant : Arrête !
> Arriver, c'est la loi du sort.

Qu'on ne s'y méprenne pas, ce n'est pas là constatation prudhommesque. C'est le procédé d'agrandissement appliqué là où nous ne l'attendons point, hors de propos presque, et dont l'inopportunité inquiète le goût. Mais, par cela même, ce procédé devient plus saisissable. Si, dans quelques détails, le poète en use parfois avec insuffisance d'adresse et d'esprit critique, il faut avouer qu'il lui doit le plus souvent, dans l'inspiration des ensembles, un magnifique renouvellement de lui-même.

Qu'est-ce que le Titan, cette victime de la Matière et des Dieux, sinon le Satyre ? Même peinture de l'Olympe ; mais, dans le *Satyre*, cette peinture était presque sereine et quelquefois souriante :

> Les déesses riaient toutes comme des femmes.

Il y avait du Corrège dans le *Satyre :* il y a du Goya dans le *Titan,* où l'on voit :

> La Guerre secouant des éclairs convulsifs,
> La splendide Vénus, nue, effrayante, obscure [1],

1. Cf. dans *le Satyre* :

> Cypris sur la blancheur d'une écume qui fond
> Reposait mollement, nue et surnaturelle,
> Ceinte du flamboiement des yeux fixés sur elle,
> Et, par moments, avec l'encens, les cœurs, les vœux,
> Toute la mer semblait flotter dans ses cheveux.

On pourrait ainsi comparer un à un tous les personnages de l'Olympe dans *le Titan* et dans *le Satyre*.

Le meurtre appelé Mars, le vol nommé Mercure....
Pluton livide avec l'enfer pour auréole,...

La conclusion du *Satyre* était une métamorphose dans la manière ovidienne, à son début, tout au moins. La fin du *Titan* nous donne la vision grandiose du ciel astronomique, « un accablement de soleil et de cieux » et, au fond du tableau, luit, dans un suprême éblouissement, l'apparition de Dieu même, dont le Titan proclame aux Olympiens épouvantés l'existence dans un cri de victoire et de délivrance : « O Dieux, il est un Dieu ! »

Analogue *crescendo* dans l'épopée des humbles : dans les *Pauvres Gens*, il faut certes compter, entre tous les éléments d'émotion, le contraste entre la familiarité du langage et la grandeur de l'acte ; mais l'emploi du langage familier y est discret, et le poète parle plus souvent lui-même qu'il ne fait parler ses héros. Dans *Jean Chouan*, au contraire, dans le *Cimetière d'Eylau* surtout, il y a comme une sorte d'étalage de brutalité, parfois même de vulgarité soldatesques : l'antithèse est accusée et prolongée. Il y a outrance dans la manière.

Ce que Bernardin de Saint-Pierre disait de Chateaubriand s'affirme maintenant et sans conteste pour l'auteur de la seconde *Légende des Siècles :* « Je n'ai qu'un pinceau, M. de Chateaubriand a une brosse. » De plus en plus, dans la seconde *Légende des Siècles*, la brosse est large et la touche violente : de plus en plus, V. Hugo peint en pleine pâte, fait saillir les reliefs et accentue la lutte des couleurs, des lumières et des ombres.

* * *

Ce qui est vrai de l'épopée historique l'est autant de l'épopée satirique dans le recueil de la seconde *Légende des Siècles*. Les pièces qui y figurent rappellent le ton des premiers *Châtiments*[1]. *1851. Choix entre deux passants*[2], écrit après

1. Ce que nous disons là n'entre point en contradiction avec ce qu'on peut lire, p. XXVIII, sur l'apaisement qui se fit dans l'âme de V. Hugo. Les confidences que nous fait V. Hugo à ce sujet ont été exclues par lui du recueil de 1877 et n'ont été publiées que dans *Toute la Lyre*.

2. Cf. la reprise du même thème, lorsque V. Hugo revient en 1872 à Guernesey. *Écrit en exil*.

l'amnistie en octobre 1859, fait écho à toutes les affirmations d'irréductibilité formulées en 1852 :

La Mort me dit : — Mon nom est Devoir ; et je vais
Au sépulcre, à travers l'angoisse et le prodige.
— As-tu derrière toi de la place ? lui dis-je.
Et depuis lors, tournés vers l'ombre où Dieu paraît,
Nous faisons route ensemble au fond de la forêt.

En 1862, *Fleuves et Poètes* est une déclaration d'une bien autre envergure : dans un court poème où se rythme le grondement retentissant et tumultueux d'une cataracte, le poète exilé et injurié se compare à un fleuve majestueux qui s'écroule dans l'abîme :

Tout est chute, naufrage, engloutissement, nuit,
Et l'on dirait qu'un rire infâme est dans ce bruit ;...
Tout à coup, au-dessus de ce chaos qui souffre,
Apparaît, composé de tout ce que le gouffre
A de hideux, d'hostile et de torrentiel,
Un éblouissement auguste, l'arc-en-ciel ;
Le piège est vil, la roche est traître, l'onde est noire,

Et tu sors de cette ombre épouvantable, ô gloire !

Guerre Civile est un épisode de la Commune qui fait pendant à *la Nuit du 4* ; même source d'émotion : la pitié pour l'enfant, martyr ou héros inconscient ; mais il y a dans *Guerre Civile,* où les cris de la foule s'entrecroisent, le halètement de la fièvre d'une journée de combat, et l'on y perçoit une sorte de trépidation dramatique qu'on rencontre bien moins dans la *Nuit du 4,* à la fois plus sobre et plus lyrique.

Ailleurs, dans les poèmes dont le cadre reste historique, on constate que le poète se soumet de moins en moins aux exigences de l'épopée objective, ou, pour mieux dire, sa dextérité dans l'affabulation progresse au point qu'aucun détail de l'histoire ne subsiste pour sa réalité propre, mais devient la traduction immédiate de la pensée du poète et des événements contemporains : il lui arrivera d'insérer dans *Welf* une lettre de la princesse Ratazzi presque sans altération et d'y faire par la bouche du Castellan une réponse personnelle et directe. Là comme dans *le Comte Félibien,* le poète se contente de transposer le décor sans déguiser l'expression de ses sentiments et de ses idées. Dans la première *Légende* les allusions ne s'imposaient pas : un lecteur non averti pouvait ne pas s'apercevoir que la personnalité de V. Hugo s'affirmait dans celle du Cid, d'Eviradnus, ou de Fabrice; il pouvait ne pas songer tout d'abord à Napoléon III, en frémissant au récit des atrocités des petits rois d'Espagne, de Zim-Zizimi, de Sultan Mourad ou de Ratbert; la parenté de ce même Napoléon avec Philippe II « le Mal tenant le glaive », risquait de passer inaperçue. Ici, au contraire la personnalité du poète transparaît : les événements contemporains transpercent nettement. La satire a gagné en clarté; elle a non moins gagné en vigueur; car, plus libre, le poète exprime ses sentiments avec plus de véhémence et plus de puissance aussi. Toute une partie de la seconde *Légende des Siècles* entre sans détours dans la polémique d'actualité : au commencement d'avril 1872, le Pape refuse la rente du gouvernement italien et sollicite les aumônes des petites bourses catholiques, et V. Hugo flagelle cette mendicité dans : *Au Saint-Siège* ou *les Deux Mendiants* (21 avril); en 1869, on élève une statue à Dupin, l'indignation de V. Hugo s'épanche et s'exalte dans *la Colère du Bronze*. Il proteste contre l'attitude du gouvernement à l'égard des fonctionnaires qui assistent aux enterrements civils; il dit son mot dans le procès Bazaine[1]. Étendue aux événements contemporains la seconde *Légende des Siècles* toucha plus directement l'âme des lecteurs de 1877. Pour eux, un souffle nouveau de vie faisait palpiter l'œuvre plus ardemment; ils jugeaient que les âpres accents du lutteur y résonnaient en ondes élargies, sans cependant rompre l'harmonie ou compromettre la dignité de l'épopée.

* * *

La morale sociale et la métaphysique se présentent, elles aussi, sous un nouvel aspect.

En 1872, V. Hugo disait à Jules de Goncourt : « Vous êtes un artiste, vous savez combien je le suis. Je passerais

---

1. *Le Prisonnier.*

des journées devant un bas-relief... Mais cela est d'un âge. Plus tard, il faut la vision philosophique des choses, c'est la seconde phase. Plus tard encore et en dernier, il faut entrer dans la vie mystérieuse des choses, ce que les anciens appelaient *arcana* : les mystères des avenirs et des individus. » En parlant ainsi en mars 1872, V. Hugo songeait-il particulièrement à la seconde *Légende des Siècles* qu'il alla quatre mois plus tard compléter dans sa retraite de Guernesey? De toutes manières, il en définissait la marche et il en précisait la progression. C'est bien là l'aspect du nouveau recueil. Au début, c'est une vision concrète : *la Vision d'où est sorti ce livre.* Cette vision est suivie dans tout le premier tome d'une série de poèmes qui sont des résurrections pittoresques et artistiques du passé ; puis, dans le second tome, la part de la philosophie augmente[1], le poète se montre de plus en plus préoccupé des problèmes moraux et sociaux et sans doute aussi de plus en plus soucieux des « *arcanes*, de la vie *mystérieuse* des choses, du *mystère* des avenirs et des individus ». Que faut-il entendre par ces *arcanes*? Sans aucun doute, la métaphysique qui, en effet, pénètre de plus en plus la pensée de V. Hugo, et qui lui paraît la réponse suffisante à toutes les énigmes de la vie, non seulement pour l'individu, mais encore pour l'univers entier.

Cette métaphysique simpliste n'est au fond qu'un audacieux hyzoloïsme qui, avec la vie, donne la conscience, et par conséquent la responsabilité, à tous les êtres animés ou inanimés ; elle établit comme principe l'ascension constante de tous les êtres vers Dieu, âme de l'univers, par l'amour et la science. Cette métaphysique est incluse, avérée ou latente, dans toute la première *Légende* : elle y inspire les mythes du *Satyre*, de *Pleine-mer*, *Plein-Ciel*; elle entre pour une

1. V. Hugo met une ingéniosité consciente à marquer la différence qui sépare les deux tomes de la *Légende* de 1877. Il divise en deux un même poème écrit d'un seul jet. La première partie de ce poème plus particulièrement pittoresque, *les Sept Merveilles*, clôt le premier tome et demeure en harmonie avec l'aspect historique du volume : elle annonce pourtant déjà le second par une manière plus large de traiter la documentation historique et par une vision plus philosophique des forces destructives de la nature ; *l'Épopée du Ver*, cette méditation chrétienne, ouvre le second où la philosophie prend plus nettement sa place, et qui se clôt par *Abîme*.

part dans les dénouements de *Ratbert* et de *la Rose de l'Infante* : elle est à l'arrière-plan de tous les drames des *Petites Epopées* où se croisent, comme les atomes dans le système de Lucrèce, les âmes que le Bien fait monter et celles que le Mal fait descendre, où les Roland entrent en conflit avec les Ruy subtils et les Materne féroces, où les Eviradnus côtoient les Sigismond et les Ladislas, où s'écroulent les Ratbert, les Zim-Zizimi, pendant que s'élèvent les Fabrice, les Sultan Mourad, voire même les Anes et les Crapauds. Même destinée secrète de l'individu dans la seconde *Légende*. L'obscure volonté du Destin, qui mêle les progressions et les régressions d'âmes, met à côté des Masferrer, des Cid, des Comte Félibien, des Léonidas et des Angus, émanations du Bien, les rois pillards d'Espagne, les rois Sanche, les Xerxès et les Tiphaine, incarnations du Mal. Dressés eux aussi sur le fond de ténèbres ou de clartés du Destin universel, les héros de la seconde *Légende* comme ceux de la première, ont le reflet d'une lueur mystérieuse ; nous les sentons liés à la destinée générale de l'univers et aux sursauts comme aux défaillances de son Ascension. Ce n'est donc pas en cela que la métaphysique éparse dans la seconde *Légende* diffère beaucoup de celle de la première.

Mais une différence essentielle s'accuse dans les tendances de plus en plus spiritualistes et déistes de cette métaphysique. Délaissant le panthéisme exalté qu'avait suscité en lui le spiritisme[1], V. Hugo a tendance à revenir en 1870 aux doctrines qui avaient été les siennes avant 1854. *Abîme* écrit en 1853 devient ainsi la conclusion naturelle de la seconde *Légende* achevée en 1877. Les déclarations spiritualistes, que n'excluait pas au reste en principe la théorie de l'ascension des êtres, se multiplient, se pressent et se précisent ici. A cette date, il arrive à V. Hugo de faire une addition à l'un de ses poèmes, afin d'écarter tout soupçon de matérialisme. En conclusion à l'*Épopée du Ver* écrite en 1862 il ajoute en 1876 :

> Non, tu n'as pas tout, monstre ! et tu ne prends point l'âme...
> Tu n'es que le mangeur de l'abjecte matière....

---

1. Cf. Tome Ier, p. XXIII à XXV, et *Revue des Deux-Mondes*, 1er août 1922, Paul Berret, *Victor Hugo spirite*.

Les âmes vont s'aimer au-dessus de la mort ;
 Tu n'y peux rien.

Tout le Passé et tout l'Avenir est emprunté par lui à l'inspiration de 1854, parce que le poème n'est autre qu'un *Credo* superbe dressé contre l'Athéisme et le Pessimisme :

Dieu ! Dieu ! Dieu ! le rocher où la lame déferle
Compte sur lui ; c'est lui qui règne ;...
Il règne, il songe....
Il pense, il règle, il mène, il pèse, il juge, il aime....
Devant ce Dieu s'enfuit tout ce qui hait son œuvre....

En entendant passer son souffle dans l'espace,
Subitement l'enfer à la gueule rapace,
 Les mondes hurlants du chaos,

Les univers punis dont la clameur s'élance,
Les bagnes monstrueux de l'ombre, font silence,...

Dieu voudra. Tout à coup on verra les discordes,
La hache et son billot, les gibets et leurs cordes,
 L'impur serpent des cieux banni,
Le sang, le cri, la haine, et l'ordure et la vase,
Se changer en amour et devenir extase
 Sous un baiser de l'infini.

En 1859, dans *Pleine Mer-Plein Ciel*, V. Hugo prédisait les mêmes métamorphoses avec les mêmes expressions et un non moins lyrique enthousiasme. Mais l'auteur du miracle, ce n'était plus Dieu, c'était le Progrès, c'était la Science, la Matière organisée par l'homme, le Ballon Dirigeable :

Derrière lui, pendant qu'il fuit vers la clarté,...
Tombent, sèchent ainsi que des feuillages morts.
Et s'en vont la douleur, le péché, le remords,
 La perversité lamentable,
Tout l'ancien joug, de rêve et de crime forgé,...

Dans la seconde *Légende* la préoccupation de s'affirmer déiste est manifeste : dans l'*Elégie des Fléaux* en 1875, c'est au nom de ce Dieu qu'il redonne l'espoir à la France éprouvée :

L'infini conscient que nous appelons Dieu
Soutient tout ce qui penche, entend tout ce qui pleure
Aucun fléau ne peut demeurer passé l'heure ;...

Mais en même temps qu'il devient plus confiant en la Providence, qu'il la constate et qu'il la célèbre, il se manifeste plus ardemment anticlérical. Il rabaisse les prêtres dans la proportion même où il exalte la Divinité. Il ne faut pas confondre l'esprit anticlérical, l'esprit anticatholique, l'esprit antichrétien et l'esprit antireligieux. Les réserves de V. Hugo sont limitées étroitement ; il attaque à peu près exclusivement : chez les prêtres la servilité à l'égard du pouvoir, et la simonie ; et, dans la doctrine catholique, l'infaillibilité du Pape et l'Immaculée-Conception. Mais le penseur demeure respectueux de la tradition chrétienne : il a parlé en termes émus du Christ dans la *Fin de Satan*, et, chaque fois qu'il évoque le nom de Jésus dans la seconde *Légende*, c'est pour magnifier son martyre et son dévouement au genre humain. Quand il s'agit de Dieu lui-même, le poète atteint la sublimité. *Abîme*, qui termine la seconde *Légende* dans un éblouissement d'apothéose, nous secoue du frisson pascalien devant les splendeurs innombrables de l'infini des cieux. Il semble que le poète ait voulu relever le défi de l'auteur des *Pensées*. « Nulle idée n'en approche. Nous avons beau enfler nos conceptions au delà des espaces imaginables, nous n'enfantons que des atomes auprès de la réalité des choses. » V. Hugo nous a rendu visibles la magnificence et l'illimité du monde sidéral. Les deux derniers vers d'*Abîme*, qui dressent l'omnipotence d'un Dieu créateur au-dessus de l'infini de la matière vivante, sont d'une majesté qui fait songer à la Bible et à Bossuet :

L'Infini.

L'être multiple vit dans mon unité sombre.

Dieu.

Je n'aurais qu'à souffler et tout serait de l'ombre.

On sent que plus encore que la première, la seconde *Légende des Siècles* réalise l'idéal que s'est proposé le poète dans sa Préface :

« L'épanouissement du genre humain de siècle en siècle, l'homme montant des ténèbres à l'idéal, la transfiguration paradisiaque de l'enfer terrestre, l'éclosion lente et suprême de la liberté, droit pour cette vie, responsabilité pour l'autre ; une espèce d'hymne religieux à mille strophes, ayant dans ses entrailles une foi profonde et sur son sommet une haute prière ; le drame de la création éclairé par le visage du créateur, voilà ce que sera, terminé, ce poème dans son ensemble. »

*
* *

Et voilà bien ce qu'est la seconde *Légende des Siècles*. Ce qui la distingue, c'est dans la forme une résonance plus étendue des idées dans une plus large amplification de l'expression, et, parallèlement, c'est l'ascension de la vision artistique à la vision philosophique.

C'est surtout une manifestation plus ardente de la personnalité ; c'est une vibration plus intense de la sensibilité dans l'indignation comme dans la pitié : le moi du poète apparaît avec plus de véhémence, à la fois plus vindicatif et plus généreux ; les vers qui terminent l'*Élégie des Fléaux* pourraient servir d'épigraphe à la seconde *Légende des Siècles* :

... il est deux trésors, l'un clarté, l'autre flamme
Que je n'ai pas laissés décroître dans mon âme
Et qui sont de *mon* cœur chacun une moitié :
C'est la sainte colère et la sainte pitié.

En 1877, le mage des *Contemplations* descend plus souvent que par le passé dans l'arène. Sans doute le poète n'abdique pas en apparence son attitude de prophète, il semble planer encore au-dessus de l'humanité, il se prétend toujours pénétré par le souffle de la grande âme universelle et veut s'effacer ou se grandir en se proclamant inspiré par des voix supraterrestres ; néanmoins sa personnalité s'affirme bien plus visible, dans toutes les questions métaphysiques ou morales qu'aborde la seconde *Légende des Siècles*.

« Victor Hugo, disait Leconte de Lisle, a été toute sa vie l'évocateur du rêve surnaturel et des visions apocalyptiques ; il est enivré du mystère éternel... Il croit puiser, dans sa foi profonde en une puissance rémunératrice et clémente, la généreuse compassion qui l'anime pour les faibles, les déshérités, les misérables... il lui doit, pense-t-il, de chanter en paroles sublimes la beauté, la grandeur et l'harmonie du monde visible, comme les splendeurs pacifiques de l'humanité future, et il ne veut pas reconnaître qu'il ne doit sa magnifique conception du beau qu'à son propre génie, comme ses élans de bonté et de vaste indulgence qu'à son propre cœur[1]. » Ce qu'il y a de certain, c'est que, voilée ou décelée par la majesté prophétique, la personnalité de V. Hugo tient, dans la *Légende des Siècles* de 1877, bien plus manifestement que dans celle de 1859, une place de premier plan ; et c'est cette personnalité, qui, tout autant que la beauté de l'art, porte les approbateurs de la morale et de la politique du poète à une admiration et à une sympathie sans réserve ; à tous les autres du moins, par la grandeur sincère des sentiments et la fidélité inébranlable du poète vieillissant à ses opinions humanitaires, elle commande le respect.

---

1. *Derniers poèmes*. Paris, Lemerre. Discours sur V. Hugo, p. 298.

Bibliographie.

Voir la Bibliographie, donnée dans le 1er volume de la *Légende des Siècles*, p. LXXXII-LXXXV, et la note qui la précède.

Banville (Théodore de), Petites études. *Mes souvenirs*. Paris, Charpentier, 1882.

Barrès (Maurice), dans les *Déracinés*, Les Funérailles de V. Hugo, p. 443-462.

Barthou (Louis), *Conférences sur V. Hugo homme politique*. Publication de l'Union de la jeunesse républicaine, 1892.

— *Voyage autour de mes livres. Victor Hugo*. Conferencia 15 Décembre 1920, 15 février 1921, Journal de l'Université des Annales.

Beaume (Georges), *Au Pays des lettres*. Paris, 1922.

Bergerat (Émile), *Souvenirs d'un enfant de Paris*, tomes I et II. Paris, Fasquelle et Charpentier, 1911-1912.

Biré (Edmond), *Chateaubriand, Victor Hugo et Honoré de Balzac*. Paris, Vitte, 1907.

Bordeaux (Henry), *Les Écrivains et les mœurs*. Paris, Plon-Nourrit, 1906. *V. Hugo, Les grands hommes en robe de chambre*.

Bourget (Paul), *Études et littéraires et Portraits*. A. Lemerre, 1889, VII, *Victor Hugo*.

— *Victor Hugo*, dans l'Action française du 1er mars 1902.

— *L'œuvre de V. Hugo* dans les Annales politiques et littéraires du 26 septembre 1909.

Clément-Janin, *Victor Hugo en exil*, Documents inédits. Paris, aux éditions du Monde nouveau, 1922, in-16.

Daudet (Mme Alphonse), *Souvenirs d'un groupe littéraire*. Paris, Fasquelle, 1909.

Delaporte (P.-V.), *Études et causeries littéraires*, première série, *V. Hugo*. Paris, Desclée, 1899.

Doumic (René), *Études sur la littérature française*.

— *Hommes et idées du 19e siècle*. Paris, Perrin, 1903.

— *L'unité d'inspiration chez V. Hugo*.

Dowden (Edouard), *Studies in Literature*, in-8. London, 1878. *The poetry of Victor Hugo*, p. 428-467.

Duplessis (E.), *Victor Hugo apologiste*. Paris, Legay, 1892.

Faguet (Émile), *V. Hugo*. Revue politique et littéraire, 1902.

Frédérix (Gustave), *Souvenir du banquet offert à Bruxelles*, 1862.

Goncourt (Journal des), *Mémoires de la Vie Littéraire.* Paris, Fasquelle, 1887-1896, tomes I-VII.

Gorce (Pierre de la), *Histoire du Second Empire*, in-8. Paris, Plon-Nourrit, 1894-1905.

Hanotaux (Gabriel), *Centenaire de V. Hugo*. Discours prononcé à la cérémonie du Panthéon. Paris, Ferroud, 1902.

Heilly (Georges d'), *V. Hugo et la Commune*, in-12. Librairie générale, 1871.

Heugel (Jacques), *Essai sur la philosophie de Victor Hugo au point de vue gnostique*. Paris, Lévy, 1922.

Hugo (Victor), Carnets. *Choses Vues*. Paris, Ollendorf, 1913, 2 vol. gr. in-8.

Barthou (Louis), Revue des Deux-Mondes, 15 décembre 1918. *Les Carnets de Victor Hugo*, avec douze dessins inédits.

Simon (Gustave), Annales politiques et littéraires, 1910.

Huguet (Edmond), *Le Sens de la forme dans les métaphores de Victor Hugo*. Paris, Hachette, 1904.

— *La couleur, la lumière et l'ombre dans les métaphores de Victor Hugo*. Paris, Hachette, 1905.

Joussain (André), *L'esthétique de V. Hugo. Le pittoresque dans le lyrisme et dans l'épopée*. Paris, Société française d'imprimerie, 1915. Thèse soutenue en 1920.

Leconte de Lisle. *Derniers poèmes*. Paris, A. Lemerre, 1895. Discours sur V. Hugo prononcé à l'Académie le 31 mars 1887.

Lissagaray (Prosper), *Histoire de la Commune de 1871*, in-8. Bruxelles, 1877.

Poinsot (M.-C.), *Auprès de Victor Hugo*. Paris, Garnier, 1919.

Raoux. *La religion de l'immortalité personnelle, d'après Victor Hugo*, in-8, Lausanne, Duvoisin, 1890.

Régnier (Henri de). Revue de Paris, 1897, 1er janvier.

Richepin (Jean), *Discours prononcé à l'inauguration de la statue de V. Hugo* à Guernesey le 8 juillet 1914. Paris, Didot, 1914.

— *Conférences à l'Université des annales*. Journal de l'Université des Annales du 1er août 1915 au 1er janvier 1916.

Veuillot (Louis), *Études sur Victor Hugo*. Paris, Palmé, 1886.

REVUE DE LA PRESSE

Les opinions exprimées par la critique sur la seconde *Légende des Siècles* sont nombreuses : en 1877 la gloire de V. Hugo est consacrée et aucun journal, aucune revue n'omettent de parler de l'œuvre. Ces opinions sont aussi diverses que pour la première *Légende* ; les préjugés politiques les guident pour une bonne part, mais moins apparemment ; les critiques affectent en effet de juger du seul point de vue littéraire, et tous, presque sans exception, s'inclinent tout d'abord devant la célébrité de l'écrivain et la majesté du vieillard. Il ne faut pas toujours se laisser tromper à cette apparence : louanges ou blâmes sont exagérés la plupart du temps par le parti pris des républicains ou des réactionnaires, et il est bon de songer en lisant certaines des pages qui suivent qu'elles sont loin d'être exemptes de préjugés.

I

REVUES ET JOURNAUX DE FRANCE

I. Recueil des articles cités par *Le Rappel* du 27 février au 14 avril 1877.

Le Journal de V. Hugo, *Le Rappel*, du 27 février au 14 avril 1877 reproduisit toute une série d'articles ou de fragments d'articles, signés par des critiques admirateurs de V. Hugo.

Le Rappel du 26 février 1877.

Dans un article d'annonce, Paul de Saint-Victor, *Moniteur universel*, proclame que la seconde *Légende des Siècles* est « la continuation du plus prodigieux monument poétique que ce siècle ait jamais vu ».

Dans la *République Française*, Paul-Émile insiste sur le libre épanouissement de l'inspiration du poète : « Depuis *Cromwell*, le poète écrit dans la sérénité du triomphe définitif. Il n'a plus à combattre : les digues sont emportées et rompues, et son génie s'épanche librement. »

« Par un merveilleux privilège, constate *le Siècle*, notre grand poète ne vieillit point. »

C'est aussi l'avis d'Hébrard dans le *Temps* : « Ce recueil est aussi plein, aussi varié, aussi vivant que le précédent. Pas d'altération, pas de changement dans cette manière à la fois souple et hautaine, qui ne tient pas plus compte des obstacles que des critiques, et qui, même quand elle violente notre goût, force toujours notre admiration. »

Ce qui frappe le critique du *Radical*, pour qui la seconde *Légende des Siècles* est égale, sinon supérieure à la première, c'est, avec la souplesse du génie, la forte empreinte de la personnalité : « On peut dire de la *Légende des Siècles* ce que V. Hugo a dit des *Contemplations* : c'est l'histoire d'une âme. Tour à tour terrible et charmant, enlevant le lecteur sur les plus hauts sommets de la poésie et redescendant avec lui par les chemins fleuris de l'idylle, le poète montre la merveilleuse souplesse de ce génie prodigieux qui semble grandir avec les années. »

Les critiques du *Journal des Débats*. de l'*Indépendance belge*, de la *Politique*, du *Peuple*, de la *Liberté* prodiguent, sans réserve, des épithètes dithyrambiques, mais où l'emphase n'exclut pas la conviction.

Le Rappel du 28 février.

Louis Ulbach dans le *Télégraphe*[1] loue, en même temps que les puissantes qualités de l'œuvre, la sérénité conservée par le poète après tant de haines acharnées sur lui.

Le Rappel du 1er mars.

Le *Petit Parisien* l'appelle le penseur éternellement jeune et profond.

« Un cœur de lion qui reste un vrai cœur de père », dit la *Gazette de France*.

Le *Constitutionnel* insiste sur le succès d'argent. Le *Journal de Rouen* compare avec une grandiloquence naïve l'œuvre de V. Hugo « à ces fleuves du Nouveau-Monde qui traversent tout un continent. »

Le Rappel du 3 mars.

D'autres sont plus précis et sensibles aux qualités du style : Fourcaud, dans le *Gaulois*[2], loue la langue sonore et mâle du poète. « Son verbe superbe, dit le *Petit Journal*, a l'éclat métallique du clairon sonnant, quand il parle des héros, et le gazouillement de l'oiseau quand il caresse les têtes blondes des enfants. »

La *Gironde* s'avoue vaincue et « sent l'inanité des formules ordinaires de l'admiration ».

Le Rappel du 5 mars.

La *Petite République Française* est attentive avant tout aux idées

1. Cf. p. LIV.
2. Cf. p. LIX.

sociales, à la protection donnée aux humbles contre les puissants : « La *Légende des Siècles* n'est pas seulement un chef-d'œuvre de poésie lyrique, elle est aussi une des Bibles de l'Humanité. »

Le baron Shop dans le *National* y voit l'écrasement des ennemis de V. Hugo et la plus belle défense qu'il laissera, en mourant, de sa personne : « Et les insulteurs, quelle mine feront-ils devant cette gloire jaillissant plus éclatante du tombeau et les frappant comme un soufflet en plein visage ? »

Henri de Bornier dans le *Nord* souligne l'aspect patriotique du recueil [1].

Pierre Véron dans le *Charivari* lui applique l'épithète de titanesque : « Il fallait, conclut-il, être Victor Hugo pour entasser ainsi le Pélion de la Légende sur l'Ossa de l'Inspiration. »

Le Rappel du 6 mars.

Henri Maret dans le *Radical* (14 mars) dresse la *Légende des Siècles*, épopée nationale, contre la barbarie et la tyrannie de l'Allemagne... Ce qui est certain, c'est qu'on ne dira plus que la France n'a pas d'épopée. Lorsque la troisième série de la *Légende des Siècles* sera réunie aux deux autres, non seulement la France aura une épopée, mais elle aura certainement la plus vaste et la plus colossale de toutes les épopées : celle qui convenait à son génie, à celui des âges modernes, le poëme du progrès, de l'avenir, où toute la création roule éperdue pour composer le monde nouveau. Comme la France a pour mission l'initiative ; comme vaincue ou non, elle marche à la tête des peuples, son épopée devait être un chant d'avant-garde résumant le passé, illuminant le futur. Et, maintenant, que la barbarie allemande s'enorgueillisse de ses victoires, que la réaction stupide croie en finir avec ses Parlements-croupions, et, à leur aide, avoir raison de la République et des revendications sociales ; nous sommes pleins de confiance, ayant avec nous cette âme profonde, ce *vates* antique, cette intelligence incomparable, ce Dante qui, revenu de son voyage aux sources des choses, nous crie une fois de plus à nous et à ceux qui viendront après nous : « Votre chemin est le bon chemin ; votre voie est la bonne voie, et le désert que vous traverserez conduit aux régions de l'aurore. »

Jules Claretie dans *la Presse* « salue cette œuvre désormais immortelle... elle fait penser, fait frémir, fait pleurer et fait espérer. »

Le Rappel du 9 mars.

Edmond Texier dans le *Siècle* signale le caractère de l'expression verbale : « V. Hugo n'encadre pas, il incruste. La phrase pleine d'images et de tournures, de métaphores et d'antithèses va, vient, se déroule, s'agite, monte, bouillonne, on croirait qu'elle va déborder. Tout à coup elle s'arrête solidifiée dans l'épanouissement superbe du groupe d'airain. »

---

1. Cf. p. LXI.

Théodore de Banville dans le *National* crayonne un portrait vigoureux de la personne physique du vieillard, fait une rapide et enthousiaste analyse du recueil et conclut comme il fallait l'attendre du chef des Parnassiens : « J'ai résisté à la furieuse démangeaison d'artiste qui me poignait de noter les effets de sonorité, les magnificences harmoniques, l'accouplement des rimes devenu surnaturel et laissant dans nos yeux un éblouissement de pierreries et de perles. Je suis trop peu de chose pour oser louer le Maître ; et d'ailleurs le féliciter sur de pareilles habiletés et de pareils bonheurs, ne serait-ce pas louer Achille sur les broderies de son baudrier ou sur l'agrafe de ses cnémides. »

Le Rappel du 15 mars. Paul Demeny dans le *Bien Public* encense la verte vieillesse du poète. « Le génie n'a pas d'âge ; au contraire l'âge le mûrit, lui donne la sérénité, la netteté, le coup d'œil de l'aigle », et admire la morale de la seconde *Légende* : « La dominante de ce chant, c'est un amour grave et doux, auguste et profondément enraciné, l'amour de l'humanité. »

Mario Proth dans le *Peuple* se montre séduit par l'allure républicaine de l'œuvre : « Un seul parti pouvait contenir un tel homme, celui qui n'en est plus un, mais qui est aujourd'hui la France et demain sera le monde : l'opinion républicaine. V. Hugo est désormais le poète de la République, de la France, de l'Humanité. »

F. Kahn dans la *Sentinelle* est d'avis qu'une pareille œuvre décourage la plume des critiques : « La voix mordante du Cid, le vol funèbre des corbeaux s'élançant sur Montfaucon, la lyre de Sophocle à Salamine, le ricanement de Voltaire, la fusillade d'Eylau, comment les faire entendre autrement qu'en empruntant les vers du poète ? »

Le Rappel du 22 mars. Aux yeux de l'*Écho universel*, le *moi* du poète domine la seconde *Légende* : « C'est que V. Hugo a beau faire, il veut en vain s'abstraire de lui-même, il a beau prendre tour à tour l'accent d'Isaïe, d'Eschyle, de Sophocle, de Dante, de Shakespeare : il y a en lui un *moi* qui se refuse à disparaître complètement dans ce torrent, comme les eaux de certains fleuves refusent de se mêler à celles des fleuves dans lesquels ils se précipitent. Dans ce peintre de l'Inde, de la Judée, de la Grèce, du monde romain, du moyen âge, sans cesse vous retrouvez l'homme moderne, l'homme qui aime, souffre, pleure ou se réjouit avec nous et comme nous : dans la *Légende des Siècles*, le siècle qu'il a le moins oublié, c'est le dix-neuvième, celui-là lui a donné le diapason. »

Le *Constitutionnel* voit les partis se réconcilier dans l'admiration.

Le *Progrès du Nord*, l'*Égalité de Marseille* prodiguent les exclamations d'enthousiasme.

Le Rappel du 9 avril. C'est en vers que Joséphin Soulary dans *La Vie Littéraire* exprime ses sentiments de fervente sympathie pour l'auteur de la seconde

Légende : il développe le *Duris ut ilex tunsa bipennibus*, et continuant la comparaison du chêne et du poète, pour venger V. Hugo de ses ennemis il essaie d'une formule hugolienne :

« Le génie a le sot
Et le chêne a la chenille. »

Le Rappel du 11 avril.

Charles Canivet définit ingénieusement dans le *Soleil* les impressions successives du lecteur, en présence de l'œuvre : « L'impression qui se dégage d'une première et rapide lecture de la nouvelle série de la *Légende des Siècles* est une sorte de surprise singulière mêlée à une admiration sans bornes. Imaginez quelqu'un pénétrant dans un vaste édifice et qui verrait, tout autour de lui, le long des murailles, des toiles des plus grands maîtres rangées avec une apparence de désordre, mêlant pour l'éblouissement, des yeux les sujets historiques les plus grandioses aux plus vastes paysages, les portraits en pied aux toiles de genre : tout enfin ce qu'il fut donné à la peinture de produire de plus beau et de plus complet pour l'émerveillement des hommes. Au premier abord c'est du saisissement, et de ces chefs-d'œuvre amoncelés ne se détache aucune impression d'ensemble harmonieux ; mais, à mesure que l'œil et l'esprit se familiarisent avec toutes ces splendeurs, l'admiration raisonnée ne tarde pas à succéder à l'éblouissement : chaque tableau sur lequel le regard se fixe concourt à l'harmonie et à la perfection de l'ensemble, et chacun d'eux devient comme une page du livre immense de l'art écrit par des maîtres immortels. C'est une impression à peu près analogue que l'on éprouve après avoir fermé le livre sur la dernière page de la *Légende des Siècles*, où le tendre, le beau, le sublime se succèdent sans interruption pour ainsi dire, et où le poète, épuisant toutes les cordes de la lyre, tantôt vous séduit par son charme, tantôt vous écrase par sa réelle grandeur. Mais, la lecture faite, lorsque tout ce débordement de poésie chante ou gronde encore à vos oreilles surprises, lorsque cette succession de tableaux, confuse en apparence, mais classée dans un désordre qui rehausse leur valeur respective, passe et repasse dans l'imagination troublée, on reste absolument interdit devant les prodigieuses ressources du poète et la merveilleuse exécution de l'artiste. »

Le Rappel du 14 avril.

Pour Émile Blémont dans la *Vie Littéraire*, la *Légende des Siècles* est l'épopée universelle : « Les deux volumes de la seconde série viennent d'aller droit au cœur du peuple, et pas une voix discordante ne trouble l'acclamation d'enthousiasme et de reconnaissance qu'ils ont soulevée. »

Karl Stern, dans le *Journal officiel*, écrit un article assez obscur, où il fait mérite à V. Hugo de son goût pour les idées générales.

Le Rappel du 19 avril.

Les citations du *Rappel* se terminent par la conclusion de la critique d'Emmanuel des Essarts dans *Le Midi* :

« Toute la sublimité des épopées, toute l'abondance du lyrisme sont venues se réunir en cette œuvre, qui semble le type amené à la lumière par les efforts des générations et des génies. Non ! ce n'est pas seulement un des grands livres humains que cette nouvelle *Légende des Siècles*, c'est le Livre ! »

II. — Louis Ulbach. *Le Télégraphe.* Lundi 26 février 1877. — Victor Hugo. La *Légende des Siècles.* Nouvelle série, 2 volumes.

Les deux nouveaux volumes que Victor Hugo met en vente aujourd'hui ont une préface de trois lignes d'une coquetterie superbe et attendrissante.

« Le complément de la *Légende des Siècles* sera prochainement publié, à moins que la fin de l'auteur n'arrive avant la fin du livre. »

Il est impossible de rappeler avec une mélancolie plus douce et plus fière que le poète a aujourd'hui même soixante-quinze ans, et que depuis plus d'un demi-siècle il maintient sur un des sommets de la pensée humaine une lumière constante, sans vacillation, sans amoindrissement.

Quand il était trop jeune pour vouloir accepter l'autorité que l'admiration lui accordait, Victor Hugo écrivait des préfaces d'une modestie spirituelle. Son âge le rend timide d'une autre façon ; mais les lecteurs d'aujourd'hui ne redouteront pas plus la menace d'un brusque déclin, que les lecteurs d'autrefois n'ont accepté les scrupules du génie à son aurore.

Ce qui frappe tout d'abord, à une première lecture, dans ces deux volumes, c'est la force imperturbable, la vie toujours abondante, l'inspiration toujours rapide, avec cet achèvement de beauté que la grande expérience, c'est-à-dire que les grandes douleurs ajoutent au talent primitif.

Il serait ridicule de prétendre que Victor Hugo est en progrès. Mais je confesserais ingénument que jamais la forme ne m'a paru aussi concise dans sa richesse, aussi simple dans son luxe, aussi nette et aussi lumineuse. Est-ce la solitude faite autour du grand poète par la médiocrité contemporaine qui grandit son ombre ? Se surpasse-t-il vraiment ? A mesure qu'il avance à pas lents dans cette avenue élyséenne, reçoit-il plus directement les reflets encore lointains de la vérité absolue ? Après l'aurore de sa vie qui a fait fleurir les *Odes et Ballades*, les *Feuilles d'automne* et toutes les ardentes poésies de la jeunesse, assistons-nous à l'aurore de son éternité ?

On peut parler ainsi, sans craindre d'attrister un poète qui est en possession de la sérénité définitive, et qui s'offre, toujours jeune, aux émotions et aux jugements de la postérité.

Cette nouvelle série de la *Légende des Siècles* est une épopée qui part des entrailles de la terre, en traversant les moissons, les fleurs, les forêts, la tourbe humaine, pour arriver à Dieu. C'est le poème, pour ainsi dire, de la création lente et douloureuse de l'idée moderne ; c'est l'enfantement de l'avenir à travers les siècles.

L'œuvre débute par l'hymne de la Terre. La terre chante sa gloire, dans des strophes étincelantes. Le poète peint ensuite le combat des Dieux primitifs contre les Titans ; l'Olympe vacille sous la massue des hommes. Je voudrais pouvoir citer toute la pièce des *Trois cents* qui raconte la folie de Xerxès faisant donner trois cents coups de fouet à l'Océan en révolte. Voici en quels vers énergiques le poète conclut :

Et chacun de ces coups de fouet toucha Neptune.

Alors ce dieu, qu'adore et que sert la Fortune,
Mouvante comme lui, créa Léonidas,
Et de ces trois cents coups il fit trois cents soldats,
Gardiens des monts, gardiens des lois, gardiens des villes,
Et Xerxès les trouva debout aux Thermopyles.

Au milieu des choses terribles de cette première partie, éclatent, par intervalles, un hymne, un chant d'amour ; la chanson de *Sophocle à Salamine*, par exemple, s'écriant en brandissant des armes avec l'héroïsme et l'égoïsme de la jeunesse :

Je veux bien mourir, ô Déesse,
Mais pas avant d'avoir aimé.

L'apparition d'*Attila* menaçant la vieille société césarienne, puis le défi jeté par les héros aux rois, pour continuer le défi des Titans aux divinités, exigeraient une analyse que je ne puis me permettre aujourd'hui. Le romancero du *Cid* est un petit poème à lui seul, fleuri sur le tronc du grand poème.

Quelqu'un intervient dans la lutte des héros et des rois, dans ce combat de lions. Écoutez la voix qui domine le tumulte :

Vous êtes les lions, moi je suis Dieu. Crinières,
Ne vous hérissez pas, je vous tiens prisonnières.
Toutes vos griffes sont devant mon doigt levé
Ce qu'est sous une meule un grain de sénevé ;
Je tolère les rois comme je vous tolère ;
La grande patience et la grande colère,
C'est moi. J'ai mes desseins. Brutes et rois, tyrans,
Tremblez, eux les mangeurs et vous les dévorants.

Sachez que je suis là. J'abaisse et j'humilie ;
Je tiens, je tords, je courbe, et je lie et délie
La vague adriatique et le vent syrien ;
Je suis celui qui prouve à tous qu'ils ne sont rien ;
Je suis toute l'aurore et je suis toute l'ombre ;
Je suis celui qui sème au hasard et sans nombre,
Et qui, lorsqu'il lui plaît, donne des millions
D'astres aux firmaments et de poux aux lions.

Après le poème des héros, nous admirons le poème des monuments. Les *Sept Merveilles du Monde* chantent, comme la terre a chanté, comme les Titans, les dieux, les rois, les héros ont chanté. Elles s'imaginent, parce qu'elles sont de la pierre, du marbre, du bronze, qu'elles survivront aux Dieux et aux hommes. Mais, du fond de leurs entrailles, des obscurités de leurs soubassements, une petite voix s'élève qui traverse la pierre, le marbre et le bronze ; c'est la mort, c'est le ver du sépulcre qui chante à son tour et qui dit aux monuments orgueilleux :

La ruine est promise à tout ce qui s'élève.
Vous ne faites, palais qui croissez comme un rêve,
Frontons au dur ciment,
Que mettre un peu plus haut mon tas de nourriture,
Et que rendre plus grand, par plus d'architecture,
Le sombre écroulement.

La mort exprimée par le ver de terre, telle est la conclusion de ce premier volume où resplendit tout l'orgueil de la force et de la sève. Mais ce n'est pas la conclusion du poème, puisque ce n'est pas la foi du poète qui croit à la vie immortelle.

Aussi le second volume débute-t-il par l'infatuation du ver du sépulcre, comme le premier avait débuté par l'ivresse de la terre. Le ver a vaincu ; c'est son épopée qui commence.

Avec quel dédain il parle des hommes :

Quel sommeil effrayant, la vie ! En proie, en butte
A des combinaisons de triomphe ou de chute,
Passifs, engourdis, sourds,
Les hommes, occupés d'objets qui se transforment,
Sont hagards, et devraient s'apercevoir qu'ils dorment,
Puisqu'ils rêvent toujours !

Ce *Dies irae* du ver est certainement une des plus belles pièces des deux volumes. Le chantre sinistre provoque la nature entière :

Vautour, qu'apportes-tu ? — Les morts de la mêlée,
Les morts des camps, les morts de la ville brûlée,
Et le chef rayonnant. —
C'est bien, donne le sang, vautour ; donne la cendre,
Donne les légions, c'est bien ; donne Alexandre,
C'est bien. Toi, maintenant !

Ne dirait-on pas que Shakespeare collabore avec Victor Hugo dans ces strophes où palpite l'ironie d'Hamlet, tant les deux poètes s'unissent sur le même sommet ? Le ver devient impie à son tour, comme les titans et comme les hommes qu'il châtie :

Dieu qui m'avez fait ver, je vous ferai fumée.
Si je ne puis toucher votre essence innommée,
Je puis ronger du moins
L'amour dans l'homme, et l'astre au fond du ciel livide,
Dieu jaloux, et, faisant autour de vous le vide,
Vous ôter vos témoins.

Je ne crois pas qu'il existe de plus beaux vers dans la langue française, ni dans toute l'œuvre de Victor Hugo lui-même.

Le poète répond au ver du sépulcre avant d'ouvrir à son tour l'épopée souriante de la vie nouvelle :

Non, tu n'as pas tout, monstre ! et tu ne prends point l'âme.
Cette fleur n'a jamais subi ta bave infâme.
Tu peux détruire un monde et non souiller Caton.
Tu fais dire à Pyrrhon farouche : Que sait-on ?
Et c'est tout. Au-dessus de ton hideux carnage
Le prodigieux cœur du prophète surnage.

Désormais, le poète a refoulé la mort ; l'horizon change, l'idylle s'épanouit sur les pas humains, l'amour, la grâce, la foi, à travers les désespoirs, les indignations qui éclatent encore, poussent leurs verts rameaux, sur lesquels se posent en passant des oiseaux chanteurs.

Désormais, jusqu'à la fin du livre, Victor Hugo nous donnera ces épanchements sublimes de tendresse qui ont fait de ce père effroyablement frappé l'interprète le plus éloquent des joies de la famille et des émerveillements de la paternité. Il y a encore de sombres épisodes, des rugissements, comme, par exemple, celui du bronze qui s'indigne de servir à la statue des faquins de l'Empire ; on entend retentir l'Iambe des *Châtiments* :

Quiconque voit ma pourpre auguste est ébloui.
Le noir moule béant, sous la terre enfoui,
S'ouvre à moi comme un gouffre obscur au fond d'un antre,
Et ma voix sombre gronde et crie : Oui, c'est bien, j'entre,

Je serai Washington !... — Je sors, je suis Morny !
Ah ! sous le ciel sacré, sous l'azur infini,
Soyez maudits ! Rugir dans la fournaise ardente,
Moi le bronze ! pour qui ? Pour Gutenberg ? Pour Dante ?
Pour Thrasybule ? Non. Pour Billault, pour Dupin !
J'attends Léonidas, on me jette Scapin..., etc.

La pièce est tout entière d'une verve indignée qui fait vibrer la colère en même temps que l'admiration. Une autre sur Bazaine évadé suscite encore cet enthousiasme amer du mépris. Mais les petits enfants levant leurs mains à travers les clameurs de la guerre civile, les misères des orphelins, la fonction de l'enfance amollissent bientôt cette corde d'airain ; le poète ne veut pas qu'on ferme son livre avec une arrière-pensée d'ironie ou de menace. Il nous fait pleurer des larmes douces, et, en même temps qu'il caresse les berceaux, en parlant d'avenir, il s'élève, toujours grave, avec la sérénité d'un penseur, avec la majesté et la douceur d'un aïeul, vers le sommet où son dernier mot de poète, où son dernier souffle d'homme doit s'exhaler : vers l'infini, vers Dieu.

Dieu, c'est le dernier mot, je le répète, de ce livre : c'est la conclusion de l'épopée. Dans la pièce intitulée l'*Abîme*, l'homme dit à la terre : je suis ton roi. La terre lui répond : Tu n'es que ma vermine, et, s'exaltant à son tour, se proclame la souveraine de l'espace. Les astres entendent et protestent. Saturne d'abord, puis le Soleil, puis Sirius, puis tous les globes radieux, la voie lactée, les nébuleuses.

Enfin l'Infini veut à son tour se proclamer :

L'Être multiple vit dans mon unité sombre.

Mais Dieu entend et murmure :

Je n'aurais qu'à souffler et tout serait de l'ombre.

Le livre se ferme sur cette note qui se prolonge comme le son d'un orgue ; et l'on sort de cette lecture comme on sortirait d'un temple, où toutes les piétés se trouveraient réunies, pour fortifier le courage et l'espérance humaine.

Ces deux volumes n'ajoutent rien à une gloire complète. Ils la continuent et la consacrent une fois de plus ; ils lui maintiennent une clarté qui est loin de disparaître.

C'est une consolation pour ceux qui ont toujours admiré le grand poète lyrique, de le retrouver, après un demi-siècle d'épanchements, aussi jeune, aussi aimant, aussi éloquent. C'est un honneur pour l'époque qu'il a traversée, et qu'il résume, de le trouver, après tant de déceptions et d'épreuves, avec si peu de rancune dans le cœur et avec une foi si inaltérable sur les lèvres !

III. — Fourcaud. *La Légende des Siècles*, *Le Gaulois* du jeudi 1er mars 1877 :

«..... A son entrée dans la carrière, Chateaubriand l'avait baptisé l'*Enfant sublime*. Enfant sublime il restera jusqu'à son dernier jour, souriant à ses visions comme à des réalités, brûlant le lendemain avec ingénuité les dieux qu'il adorait la veille. Apre, injurieux, cynique de bonne foi, il court éternellement après ses rêves de fraternité en soufflant le feu sur nos discordes, pareil à un Zoroastre doublé d'un Danton. Il vit dans l'Utopie parce qu'il croit que l'Utopie rapproche de Dieu, et c'est pourquoi son œuvre est plein de mystère. Ses poëmes récents ressemblent à des bûchers sous le ciel bleu. Le poëte ne songe qu'à l'azur. Mais sur ses bûchers, cependant, il entasse des victimes. Je voudrais que tous ceux qui les lisent fussent pénétrés de cette vérité. Hugo est une très grande âme de visionnaire, dépourvue des sens du réel.

« Ce que je viens de dire s'applique aussi bien à la *Légende des Siècles* qu'aux précédents livres du poëte. C'est le carnage du passé fait au profit de l'avenir, la paix universelle établie sur les ruines de toutes les idées, de toutes les croyances. Jamais on ne vit mysticisme plus magnifiquement meurtrier. A bas l'Autorité ! Les Rois sont des faussaires, des ingrats, des bourreaux ; ils font de leurs fantaisies des lois et nomment vertus ce qui chez leurs sujets est vices. Mais les brigands sont des héros, en revanche, et devant eux il faut qu'on se découvre. Ne parlez point des prêtres : ils versent la barbarie et le fanatisme sur le peuple. Toute catastrophe vient d'eux. Le seul droit qu'ils reconnaissent est celui de la victoire ; ils vendent des *Te Deum* et des prières ; ils fomentent les guerres civiles. L'homme est créé pour être libre, libre de foi comme libre de joug. C'est à son émancipation totale que marche l'humanité, dépouillant ses erreurs ou ses illusions de siècle en siècle, ou seulement changeant de préjugés. Chaque chose à son tour, jusqu'à ce grand jour de l'apothéose humaine, roulera dans l'abîme, entraînée par son propre poids. Il n'y aura de sauvées que la Vérité et la Liberté, deux comètes intermittentes, mais qu'on est toujours sûr de voir luire à l'heure propice.

« Ce thème, dont le vague philosophique apparaît aussi bien que la violence révolutionnaire, forme le fond des deux volumes que je viens de lire. Je n'en dirai pas plus long, sur ce fond, qui s'efface partout sous l'éblouissement de la forme. Je ne suis pas de ceux qui voudraient refaire un homme à leur gré : il me plaît de prendre Victor Hugo comme il veut se donner à moi, et je ne veux pas quereller le poëte sur sa politique. Le point de départ du livre est faux; cela n'empêche pas le livre d'être admirable et sans égal dans toute la littérature de notre nation. Il faudrait remonter jusqu'au Dante pour trouver une épopée d'une si puissante envergure, d'un souffle si formidable. Dante et Hugo sont, du reste, deux esprits de même famille. Pour tous les deux, la réalité, c'est le symbole. Dante a vu l'Enfer, le Purgatoire et le Paradis. Hugo a voyagé à travers les siècles et leur a dérobé leurs signes. La *Légende des Siècles*, c'est la Divine Comédie des âges. »

Suit l'analyse de *La Vision d'où est sorti ce Livre*, de *La Terre*, de *Suprématie*. A propos de ce dernier poëme, Fourcaud déclare :

« Le sens qui se cache sous ce symbole est assez clair pour que je me dispense de m'y arrêter. Ce rayon qui crie : « *Holà* » (permettez-moi d'emprunter les propres images de l'auteur), c'est l'intelligence céleste qui domine le chaos. Elle laisse faire, ne se manifeste que rarement, mais ses manifestations sont des coups de tonnerre pour la justice et pour la vérité. C'est elle qui découronne les rois, qui donne des millions d'astres au firmament et des *millions de poux aux lions*. Dieu aime les faibles; il hait les forts couronnés. On voit tout de suite se dessiner un communard sous la silhouette du Dieu de Victor Hugo. Les vers sont magnifiques, d'une grandeur infinie. Quel dommage qu'une idée de parti perce constamment sur le masque incomparable de la poésie ! »

Le critique revient à l'analyse des principaux poëmes et conclut :

« La *Légende des Siècles* pèsera glorieusement dans la balance de ce siècle. Il marque une mémorable date dans notre histoire littéraire. La langue française a une épopée que le temps et l'admiration consacreront.

« Et même, je vous l'affirme, pour autant que nous l'admirions nous-mêmes, nos neveux sentiront mieux que nous le génie de cette œuvre éclatante, mais dont quelques parties ont le tort de tomber comme de l'huile bouillante sur des plaies mal fermées. Laissez passer les années, se calmer les rancunes, la profonde poésie se dégagera des allusions trop actuelles, et des partis-pris inséparables de notre nature ne nous empêcheront plus de sentir toute la puissance de certains élans. Ce poëme est à la fois trop de son moment et trop en avance sur son moment pour que l'avenir ne lui doive rien. Ce ne sera jamais qu'un poëme personnel et point une prophétie comme le voudraient les coreligionnaires du poète; mais la splendeur du monument sera d'autant plus visible qu'on s'éloignera de sa date. Quel plus bel éloge en pourrait-on faire ?

« Ce qui, d'ores et déjà, doit frapper et émouvoir quiconque est possédé de l'amour de l'art, c'est l'épanouissement constant de la langue.

On est séduit, charmé, enivré par la perfection inouïe des rythmes, par la variété extraordinaire des moyens d'impression. La nature a vraiment livré à Victor Hugo les secrets de sa vie : les forêts, les champs, les plaines, les montagnes sont des acteurs de son drame. Il inonde d'un air saturé de parfums la poitrine de ses héros et l'imagination de ses lecteurs. Il n'y a pas plus de sève, plus de fougue, plus d'éclat dans la plus exubérante des épopées de l'Inde. Victor Hugo semble avoir hérité du génie des anciens chantres du Gange. Pour tout dire, après toutes ces conceptions souveraines qu'il a réalisées et qui lui ont déjà dès longtemps conquis l'immortalité, il a trouvé moyen, à soixante-quinze ans, d'écrire une œuvre qui ajoutera encore à sa gloire. »

IV. — Henri de Bornier. *Le Nord.*

« Il m'est tombé dernièrement sous la main une brochure intitulée : *Auguste Vacquerie,* par Swinburne. M. Swinburne est un poète anglais, d'un ordre supérieur, de plus un critique éminent ; ce qui m'a frappé dans ces quelques pages, c'est la tendance et l'art de juger un écrivain d'après ses qualités, en ne comptant les défauts que comme des intervalles entre les qualités. C'est la grande formule de la critique nouvelle, et nous sommes jaloux du poète étranger qui a donné cette formule, en l'appliquant à un poète français qui mérite bien cet éloge.

« M. Swinburne ajoute : « Ce livre est la preuve complète et parfaite « de l'imbécillité de ceux qui voudraient tracer une frontière entre la « fonction de poète et celle du patriote. » En supprimant la verdeur de l'expression, je veux aujourd'hui emprunter au critique anglais cette double théorie : 1° Chez un grand poète les défauts disparaissent dans l'ensemble des qualités, ou pour mieux dire, un grand poète n'a pas de défauts ; 2° le patriote et le poète se complètent l'un l'autre. Si cette double thèse est d'une démonstration facile, c'est certainement à propos de la nouvelle série de la *Légende des Siècles.*

« La nouvelle œuvre de Victor Hugo arrache à l'esprit le moins observateur ce cri : une forêt ! Eh bien, connaissez-vous des défauts à une forêt de dix mille hectares ? Elle a ses aspérités formidables, ses précipices, ses montagnes, ses étangs d'eau noire ou étincelante, ses porches de lumières et d'ombre, ses profondeurs mystérieuses, ses fleurs sauvages, ses nids d'aigles ou de colombes, ses taillis inconnus où les biches effarées courent, où rôdent les sangliers et les ours ; vous dites : ce sont des défauts ! Je réponds : c'est la forêt ! C'est la forêt même, c'est la nature immense, diverse, deux fois féconde en charme et en horreur. C'est la forêt, c'est le génie....

« Voici un drame, un vrai drame en un acte, que l'on pourrait presque mettre au théâtre, *Welf, Castellan d'Osbor*; je ne sais rien de plus grandiose et de plus dramatique que cette magnifique tragédie dont le principal personnage est une tour formidable, noire, muette, à qui l'on parle et qui ne daigne jamais répondre, jusqu'à l'heure où une enfant lui parle et en fait sortir l'habitant mystérieux.

« Le second volume s'ouvre par une ode ou plutôt par une haute et cruelle élégie, *l'Epopée du ver*. C'est admirable et effrayant; jamais peut-être un pareil cri d'angoisse et d'horreur n'est sorti des lèvres d'un poète; on dirait une annotation du livre de *Job*.

« L'histoire de *Gaïffer-Jorge* rappelle, sans désavantage, des poèmes inspirés par la même pensée, le *Parricide* et *Caïn* de la première *Légende des Siècles*.

« Le poème suivant, *Masferrer*, est une de ces satires allégoriques, que le poète affectionne; c'est un des chefs-d'œuvre de l'ouvrage. Je lui préfère pourtant la *Paternité*, une de ces inventions augustes et tendres où Victor Hugo sera toujours sans égal comme il a été sans modèle....

« Tel est ce livre, qui serait le monument et qui suffirait à la gloire d'un autre poète, et qui n'est qu'une pierre dans l'édifice colossal que Victor Hugo bâtit pour l'honneur de notre pays et de notre temps. Que de force! que d'idées répandues à profusion, avec une prodigalité sans bornes! Que d'invention, d'imagination, non seulement dans l'ensemble, mais (ce qui est plus frappant encore) dans les moindres détails! Quelle intensité de mouvement et de vie! »

V. — Victor Fournel. *Le Correspondant*, 10 mars 1877. Les œuvres et les hommes, pp. 939-941 :

« On peut dire de M. Victor Hugo ce que Bussy-Rabutin disait de l'amour : c'est un recommenceur. Il recommence avec force, avec éclat, avec une puissance que l'âge ne diminue en rien, mais il recommence. Il y a dans sa variété un certain fond de monotonie. La physionomie de son talent s'est figée en *tic*, si je puis ainsi dire, et les audaces les plus imprévues de son inspiration viennent s'y couler docilement dans le moule bien connu de son procédé. Ce qu'on pourrait appeler le matériel de la poésie de M. Hugo a été depuis longtemps analysé et démonté pièce à pièce, depuis l'antithèse qui en est la forme élémentaire, jusqu'à l'énormité, énormité dans le mot et dans l'idée, dans l'épithète, dans l'image, dans la vision.... Son vocabulaire spécial n'a pas varié non plus. Je me suis amusé à en noter tous les mots au passage, — les noms d'abord : *gouffre, abîme, vertige, huée, larve, spectre, fantôme, flamboiement, échevèlement, rugissement, écroulement, éblouissement, apothéose, géant, Titan*, le *chaos*, la *nuit*, le *dragon*, l'*hydre*, le *sépulcre*, etc.; puis les adjectifs : *morne*, *énorme, difforme, sombre, pensif, hagard, monstrueux, effaré, blême, fauve, béant, farouche, vertigineux, tragique, horrible, auguste et hideux, hurlant, lugubre, colossal, démesuré, formidable....*

« Même à ne les envisager qu'au point de vue littéraire, les productions de ce génie plus allemand que français sont comme des symphonies à grand orchestre, qu'il faut déchiffrer laborieusement et écouter deux ou trois fois avant d'y prendre pied.... Quant aux idées dont il s'inspire, elles sont toujours les mêmes ; on les connaît. Le poète croit en Dieu, qui lui apparaît, comme à son Titan,

Dans on ne sait quelle ombre énorme une prunelle.

« Mais pas d'intermédiaire entre Dieu et l'homme. Il hait le temple et le prêtre,

Qui pour un dogme obscur déserte un clair devoir,...
Ayant sous lui l'erreur comme l'onde a le gouffre,

le juge et le roi,

Quiconque vit d'erreur, d'imposture et d'effroi.

« Sa pitié pour le misérable et pour le criminel se tourne en colère contre le justicier. Les pendus de Montfaucon sont sacrés puisqu'ils sont pendus ; le bandit Masferrer est héroïque et sublime, et M Victor Hugo l'oppose aux rois ignobles et monstrueux, vautrés dans leur sanglante orgie.

« Le grand prêtre, le vrai juge et le seul roi de la terre, c'est le penseur, le poète :

Un poète est un monde enfermé dans un homme...
Si ce n'est pas un fou, serait-ce donc un Dieu ?

« Oui, un dieu, c'est bien cela. Dieu règne dans son ciel ; le poète sur la terre : « ce sont deux puissants dieux ». Ils se regardent l'un l'autre, s'admirent, s'interrogent et se répondent. Dieu fait luire son soleil ; le poète fait luire l'Idée. Dieu mûrit les moissons, le poète mûrit l'humanité. Dieu commande aux vents et à la mer ; le poète commande au progrès. Au fond, quel est le véritable Dieu ? Tous les lecteurs du *Rappel* le savent bien, quoique M. Victor Hugo soit bon prince et se contente du partage. C'est à cette divinisation du penseur qu'aboutissent tant de vers éclatants et superbes, et le penseur, il n'est permis à personne d'ignorer comment il s'appelle. »

VI. — Daniel Bernard. *L'Union*, 10 mars 1877, *La Légende des Siècles, seconde partie, par M. Victor Hugo* :

« Pour parler la langue imagée et modeste de M. Victor Hugo, nous sommes « les soldats de l'ombre » pendant qu'il est, lui, « le héros de l'aurore ». Voilà qui est convenu, et, si l'ombre *difforme* ose adresser la parole à l'aurore *énorme*, elle devra employer les formules du respect le plus complet, le plus plat. Comment donc ? Une note discordante au milieu du concert de louanges qui a éclaté de toutes parts n'attirerait-elle pas sur la tête de l'audacieux contradicteur une avalanche de mépris ? Certes, le triomphe d'*Irène* n'était rien, comparé à celui qu'on a organisé autour de la *Légende des Siècles* ; on n'a rien épargné pour couvrir de fleurs les cheveux blancs du vieillard à son déclin. Soins attentifs ! hommages pieux ! Mais la critique indépendante ne peut pas participer à ces innocents banquets de famille, elle se retire loin de ses effusions, elle réfléchit loin de ces tendresses, elle ne rend pas plus de services que n'en rendait le président Molé. Messieurs de la République, on ne nous en conte pas !

« D'abord, j'adresserai un reproche à la *légende* numéro deux ; elle se donne comme une *suite*, et chacun sait ce que valent les *suites* en littérature, depuis la *Mère coupable* venant après les *Noces de Figaro* jusqu'au *Mariage de Victorine*, attaché à la queue poudrée du *Philosophe sans le savoir*. Dans ces sortes d'affaires, point de milieu entre le succès étourdissant et la chute irrémédiable. Ou vous complétez votre pensée, ébauchée seulement dans un premier travail, ou vous la répétez, — et alors il était inutile de prendre la parole : *bis repetita non placent*, en dépit des gens qui soutiennent le contraire. M. Victor Hugo achève de donner sa pensée, prétendent ses amis ; moi, je soutiens qu'il *se* radote, qu'il *se* rabâche, et nous verrons qui aura raison, quand le temps aura coulé un tout petit peu. La première *Légende des Siècles* faisait sonner une fanfare neuve d'accent et fraîche d'inspiration ; la seconde souffle dans la même trompette, avec moins de vigueur, moins de jeunesse et d'impétuosité. Naguère, on se demandait par quelle magie l'auteur arrivait à ces effets d'extraordinaire puissance ; aujourd'hui le procédé apparaît, mis à nu, comme un de ces pauvres cadavres qu'on traîne sur les tables d'amphithéâtre et dont un scalpel indiscret va fouiller les fibres.

« Dans une vision-préface (M. Victor Hugo est très visionnaire), le poète nous explique le but de son livre. »

Suit l'analyse du poème-préface *La Vision d'où est sorti ce livre*.

« A tout prendre, nous distinguons assez nettement l'idée de l'écrivain, et nous accordons bien qu'elle ne manque pas de grandeur. Si l'épopée « entière », comme l'entendaient Virgile et Homère, est morte avec les mystères païens, l'épopée par fragments peut encore être entreprise, et personne n'était plus capable que M. Victor Hugo de léguer à la France le poème dantesque ou miltonien qu'elle attend encore. Je crains seulement que l'auteur ne s'y soit pris un peu tard ; je redoute aussi pour son succès définitif les billevisées dont il est imbu, le penchant pénible qu'il montre pour le calembour et l'affection désordonnée qu'il témoigne au logogriphe. Franchement, quand nous lisons, sans un mot d'explication :

Point de Calpé pour l'aube et d'Abyla pour l'ombre !

nous avons quelques raisons de demander ce que c'est que Mlle Calpé ou que Mme Abyla, auxquelles nous n'avons point eu l'honneur d'être présentés. Le lecteur éprouve même un sentiment d'irritation secrète contre cette fausse science qui ne nous indique point ses origines et qui ne souffre guère qu'on la contrôle. Je suis persuadé que M. Victor Hugo ne se moque pas de nous ; mais où a-t-il pris, par exemple, les noms des Titans foudroyés par Jupiter ! Dans quelle histoire a-t-il lu que les officiers de Xercès s'appelaient Mégabise, Hermamithre, Masange, Acrise et Artaphernas ? Est-il bien sûr que le Sogde, quand il allait en guerre, emmenait des singes ; que les Paphlagons avaient des clous sous leurs bottes, signe distinctif de leur nationalité ; que le roi des Daces logeait dans un bouge ; que le Macron portait un casque en peau de cheval ? Je ne demande pas mieux que de m'incliner devant une érudition aussi prestigieuse ; encore faudrait-il cependant que ce ne fût point là de la fausse monnaie, et, si je découvrais, par aventure, que le fameux singe du Sogde était un simple canard, mon admiration serait bien capable de baisser, comme la Seine après une crue. »

Suit une critique de l'onomastique mythologique dans *Le Titan* et le regret longuement exprimé de ne pas retrouver dans la seconde *Légende des Siècles* l'auteur des *Feuilles d'Automne*.

« Mais j'appelle toute votre attention sur la pièce intitulée : *Le comte Félibien*. Ce comte chemine par les rues de Sienne encombrées de cadavres, et, apercevant le corps inerte d'un nouveau-né, il s'écrie :

Quoi ! ces soldats, *ces rois*, sans savoir ce qu'ils font,
Touchent avec leur main sanglante au ciel profond...

« Qu'entends-je ? Ces rois ?... J'ignore à quelle époque nous transporte le récit de la *Légende des Siècles* ; mais les batailles dans les rues de Sienne ne datent pas d'hier. Elles nous reportent à la fin du moyen âge et au commencement de la Renaissance ; or, à ce moment-là, si j'ai bonne mémoire, la plus grande partie de l'Italie était divisée en une infinité de petites républiques qui se disputaient entre elles, de ville à ville, de bourgade à bourgade, quelquefois de maison à maison... Conséquence inévitable de l'état républicain et non de la forme monarchique. Décidément, c'est de la rage ; l'auteur de la *Légende des Siècles* voit des tyrans partout, même là où il n'y a que des frères et amis.

« Non ! il n'a pas la main heureuse dans ses découvertes ; il a beau nous dire avec plus de conviction que de cervelle :

Regardez l'abbadir et voyez le bolide...

« Cet abbadir nous échappe partout, même dans le dictionnaire de Littré, où nous l'avons cherché consciencieusement. Quant aux émaux et camées représentant les idylliques, tels que Racan, Théocrite, Orphée, Asclépiade, Bion et Moschus, je vous avoue que c'est à pouffer de rire. Avec la meilleure volonté du monde, il est impossible de ne se point tenir les côtes, surtout quand on remarque que Beaumarchais, Aristophane et Diderot ont été rangés parmi les gens enclins aux choses champêtres. Que dis-je ? Beaumarchais ; Dante lui-même (pourquoi pas Boerhave ou Juste Lipse ?) a été classé dans la compagnie des faiseurs d'églogues. Dante Alighieri ! Il est frappant de ressemblance. Le voici, du reste :

Thalès n'était pas loin de croire que le vent
Et l'onde avaient créé les femmes ; et devant
Phellas, fille des champs, bien qu'il fût de la ville,
Ménandre n'était point parfaitement tranquille ;
Moschus ne savait pas au juste *ce que c'est*
Que la femme, et tremblait quand Glycère passait ;
Anaxagore, ayant l'inconnu pour étude,
Regardait une vierge avec inquiétude ;
Virgile méditait sur Lycoris ; Platon
Dénonçait à Paphos l'odeur du Phlégéton ;
Plaute évidait Lydé ; c'est que ces anciens hommes
Redoutaient vaguement la planète où nous sommes ;
Agd et Tellus étaient des femelles pour eux...

« Et Dante ? me demanderez-vous. — Il n'est pas question de lui, la pièce continue sur le même ton, sans se déranger ; elle va son bonhomme de chemin, nous révélant que « nul ne sait dans la vie immense, enchevêtrée, si la forêt ne peut se transfigurer en faunesse. » Bien mieux. Devinez-vous à quoi songeaient les philosophes de l'antiquité ?

Ces sages d'autrefois se tenaient sur leurs gardes.
La possibilité des méduses hagardes
Surgissant tout à coup les rendait attentifs.

« Ainsi, nous voilà fixés. Platon, Virgile, Plaute, Ménandre, Thalès, n'ont rêvé pendant toute leur vie qu'aux méduses hagardes ;

quel cauchemar ! Ils ont tremblé de voir « Psyché s'ajouter à Démogorgon », et Perse, le satirique, reconnut Tisiphone dans une courtisane qui se barbouillait avec des mûres... Tenez, arrêtons-nous ! Les personnes saines d'esprit qu'on enferme dans une maison d'aliénés ne tardent pas à être atteintes par la contagion ; les paroles qu'elles entendent prononcer dérangent bientôt leur équilibre mental. Nous finirions par considérer une loge à Bedlam ou un cabanon à Bicêtre comme l'idéal du suprême repos.

« En définitive, le panthéisme confine assez souvent au *delirium tremens*, et cela s'explique. Si vous vous imaginez que les légumes sont des êtres, que les rivières ont des impressions comme les créatures, que vous faites mal à un arbre quand vous l'ébranchez, vos hypothèses n'auront bientôt plus de limites ; vous vous prendrez immanquablement un jour pour le roi d'Amatibou ou pour le cousin de la Grande-Ourse. Je suis vraiment désolé de constater chez M. Victor Hugo des tendances de plus en plus matérialistes et par conséquent des absences intellectuelles de plus en plus marquées. Il ne manque jamais de prêter aux choses inanimées des sentiments qu'elles sont incapables d'avoir ; à chaque instant, il nous parlera d'un pré *ingénu*, d'une forêt *lascive* ; il nous dira :

La nature est une âme, elle n'est pas de marbre...

et ces préoccupations le brouillent avec les subjonctifs. Voir tome I, p. 76. Crois-tu *que j'ai* le temps..., p. 240

Il ne sera pas dit, ma fille, qu'à ton cri
Le vieux roc foudroyé *ne s'est* pas attendri.

De pareils vers ressemblent à une gageure contre le bon sens et il suffit de les citer pour que justice en soit faite... Que pensez-vous d'un barbare qui répond à un empereur romain lui demandant : Cimber vous a battus ?

Le Barbare
Nous n'avons de battu que le fer de nos casques.

Ravel et Alcide Tousez s'envoyaient des répliques moins drôles dans la *Chambre à deux lits* au Palais-Royal.

« Donc, la seconde partie de la *Légende des Siècles* n'est pas à la hauteur du premier volume que nous admirions quelquefois, réserve faite des principes. Çà et là pourtant le génie se révèle ; il perce la couche de cendre sous laquelle il s'allanguit et s'éteint ordinairement. Parmi les morceaux complètement beaux, nous signalerons la *Ville disparue*, le *Cimetière d'Eylau*, d'une couleur si noire et si sinistre ; la *Fuite d'Angus devant Tiphaine*, qui donne le vertige ; *Suprématie*, *les Fourches caudines*... Sans doute nos lecteurs connaissent déjà ces pièces, elles ont été insérées dans divers journaux et elles sont vraiment les truffes qui embaument un plat détestable.

« Quand M. Victor Hugo s'avise d'être sublime sans bouffonnerie, il mérite l'épithète louangeuse que lui donnait Chateaubriand, et nul poète vivant ne peut lui disputer la préséance ; il est le roi de ses confrères, lui qui déteste les rois. Pourquoi faut-il que les occasions de louer M. Victor Hugo soient devenues si rares ? Nous ne lui reprocherons ni ses défections politiques, ni ses haines contre un passé qu'il répudie, parce que ce passé le condamne ; nous lui ferons observer seulement qu'en se séparant de tout ce qui est grand et de tout ce qui est beau il a perdu au change. Son immense talent s'est égaré dans les « trous de taupes et les gouffres d'aurore », dont il a fait une consommation si effrayante dans ces derniers temps. Au lieu de se développer, ce talent s'est amoindri ; les fautes de goût se sont accentuées, les puérilités ont remplacé les sublimités, les antithèses forcées n'ont plus produit aucun effet, et les images dénuées de cohésion ont paru grotesques (p. 146, t. II) : la Victoire *rattachant sa sandale* dans une nuée !

« Ce n'était pas ainsi que s'exprimait le poète quand il écrivait *Moïse sur le Nil*, ode merveilleuse dans laquelle se jouent les souffles embaumés du matin ; il ne s'agissait ni de rythmes *énormes*, ni de sphinx *monstrueux*, quand Louis XVII adressait au ciel entr'ouvert sa délicieuse prière. *Masferrer*, dans la *Légende des Siècles*, n'a pas le mouvement des *Orientales* ; l'Hymne à la Terre, en dépit de quelques strophes charmantes, ne vaut pas la requête intitulée : *Pour les Pauvres* ; les doctrines révolutionnaires n'ont donc nullement servi à augmenter la gloire de M. Victor Hugo. Elles l'ont porté au Sénat, elles lui ont attiré l'admiration des électeurs démocrates et des Jean Valjean incompris. Tout en constatant cette décadence complète nous la déplorons du fond de notre cœur ; il suffit de voir ce que M. Victor Hugo a fait pour deviner ce qu'en d'autres circonstances et avec une autre ligne de conduite il aurait pu faire. L'*Année terrible*, c'était Agésilas ; la *Légende des Siècles*, c'est Attila.

« Holà ! »

VII. — T. Colani. *Le Courrier Littéraire*, 10 mars 1877. *Quinzaine littéraire* :

« Il semble que la critique n'ait plus qu'à garder le silence ou bien aussi à se joindre aux adulateurs qui enveloppent le poète de nuages d'encens, probablement pour lui cacher quelque chose qu'on ne veut pas lui laisser voir. Si on ne protestait, cela durerait, comme pour Chateaubriand, jusqu'au jour fatal, et ce jour serait suivi immédiatement d'une réaction violente de l'opinion publique. Il vaut mieux dire très loyalement ce que l'on pense. Il faut le dire, non pour l'auteur, encore une fois, mais pour ceux qui le lisent. Ainsi les étrangers le liront; or est-il bon que, trouvant dans la *Légende des Siècles* certaines erreurs peu ordinaires, ils puissent s'imaginer que tous les Français les partagent puisque aucun de nous n'a l'air de les apercevoir? Je n'en citerai qu'une seule : dans un morceau, admirable du reste, le poète prétend que du cimetière d'Eylau on entendait, le matin de la bataille, dans la brume, « le cor du Harz ». — Entre le Harz et Eylau, il y a exactement la même distance qu'entre les Pyrénées et Paris... Que les étrangers, Allemands et Anglais, Italiens et Russes, veuillent bien se dire une fois pour toutes que, si nous autres Français nous ne relevons pas, comme ils le feront sûrement, une quantité d'inexactitudes pareilles, ce n'est point ignorance de notre part. Notre géographie ni notre histoire, nous ne les apprenons à l'école de V. Hugo, qui, je pense, n'a point l'intention de se faire maître d'école et se contente d'être grand poète.

« Qu'il soit bien entendu également que nous ne lui empruntons pas davantage sa philosophie. Il est spiritualiste, et beaucoup d'entre nous le sont aussi; mais il a son spiritualisme, et nous avons le nôtre. Le sien se compose de deux ou trois abstractions qui ne suffisent pas aux générations actuelles. Que Dieu soit une « prunelle » qu'on finit par distinguer au fond de l'abîme, cela peut être vrai, mais cela ne résout aucun problème. Lorsque le poète combat l'athéisme en nous assurant que « le rocher où la lame déferle » compte sur Dieu; que

Pour l'avoir un jour vu, la mer est encore ivre;

que

Les versants du Sina sont de son vaste livre
Le pupitre démesuré;

que Mars, Jupiter, Saturne, « planètes profondes », sont croyantes, et que le jour où toutes les étoiles

Nieraient à la fois Dieu, cette sombre asphyxie
Irait éteindre le soleil!

nous admirons peut-être, mais à coup sûr nous ne sommes pas convaincus par ces idées qui sont des images, par ces images qui n'en sont guère. De même une philosophie de l'histoire qui se résume en ces mots :

Hier était le monstre et Demain sera l'ange,

simplifie un peu trop les données du problème sans précisément l'élucider. Enfin, opposer à la doctrine de l'évolution l'élan de 89 et de 93, c'est, je crois, se placer en dehors de la question, et il est plus spirituel que topique de réfuter Darwin « grave Anglais, correct, bien mis, beau linge », qui nous dit, paraît-il : « Dieu t'a fait homme, et moi je te fais singe », en lui répondant :

Cette promotion me laisse un peu rêveur.

« Qu'on nous pardonne d'insister. Selon nous, le grand défaut de Hugo, c'est que n'ayant aucune des aptitudes qui font le philosophe, il se pose (très sincèrement, cela va sans dire) en philosophe. Il confond les vues profondes avec les mots abstraits, il n'admet pas que ceux-ci servent de simples signes algébriques ; il y croit ; il les accepte comme des réalités, exagérant en cela un travers trop fréquent de l'esprit français ; il se paie de mots, et, pour donner à ces fantômes une apparence de vie, il accumule les images, les comparaisons, les métaphores les plus incohérentes, avec un dédain du bon sens qui, pour le coup, n'a plus rien de français : serait-ce une influence de l'éducation espagnole qu'il a reçue pendant un an au séminaire des nobles de Madrid ? Écoutez plutôt ces vers amphigouriques, et devinez de quel côté des Pyrénées et en quel siècle ils ont pu être écrits :

Quand nous aurons fini le travail de la vigne,
Quand au Dieu qui fit l'aigle et l'air, l'onde et le cygne,
La tourmente et Léviathan,
Nous aurons rapporté toutes nos âmes anges,
Nous ferons du panier de ces saintes vendanges
La muselière de Satan.

Satan, c'est la douleur, c'est l'erreur, c'est la borne,
C'est le froid ténébreux, c'est la pesanteur morne,
C'est la vis du sanglant pressoir ;
C'est la force d'en bas liant tout de ses chaînes,
Qui fait dans le ravin, sous l'ombre des grands chênes,
Crier les chariots le soir....

Comprenne qui pourra ! Satan c'est la force d'en bas, — y a-t-il des forces d'en haut ? Satan c'est la pesanteur, — et sans la pesanteur l'univers serait le chaos ? Satan c'est le froid — et sans le froid nous brûlerions ! Satan c'est la douleur, — et sans la douleur, la vie ne durerait pas une seconde ! Satan c'est l'erreur, — et sans l'erreur, nous ne trouverions pas la vérité ! Satan c'est la limite, — et sans la limite rien ne serait ! Satan, comble d'horreur fait crier les chariots le soir ! Mais gare à Satan ! avec les paniers de je ne sais quelles vendanges mystiques, nous allons fabriquer une muselière....

« Toutefois, quand il échappe au démon de l'abstraction, quand, descendant des hauteurs vertigineuses, il prend pied sur terre et consent traiter des sujets simplement humains, mais des sujets où il y a plus de force que de grâce, qu'il est grand, qu'il est puissant, qu'il est admirable !... Avons-nous dans toute notre littérature, sans en excepter l'œuvre même de Hugo, bien des pages comparables au *Cimetière d'Eylau* ? Voilà de la splendide poésie, s'il en fut jamais, où tout est palpitant de vie. Des traits de détail d'une précision extrême concourent tous à produire un vaste et lumineux tableau.

« Et il y a d'autres pages moins larges d'envergure, peut-être, mais magnifiques aussi. J'en vois quelques-unes dans l'*Epopée du ver*, celle, par exemple, mélange terrible de peinture voluptueuse et d'horreur sépulcrale, où le ver offre à l'amant de lui rendre sa maîtresse. *L'Aigle du Casque* se termine par unm orceau magistral et saisissant dans sa nouveauté. Dans *la Paternité* il y a une cinquantaine de vers trempés de larmes. *Le Petit Paul*, malgré l'afféterie de certains passages, peut compter parmi les pièces les plus touchantes de l'auteur, et *la Guerre Civile* ainsi que la partie narrative de *Jean Chouan* parmi les plus vigoureusement écrites. ....Un jour de printemps, le poète regarde défiler devant lui nos cavaliers aux fronts hâles, qui ont l'air superbe, comme de grands soldats romains :

Que ces hommes sont beaux, disaient les jeunes filles,
Tout souriait, les fleurs embaumaient les charmilles,
Le peuple était joyeux, le ciel était doré,
Et, songeant que c'étaient des vaincus, j'ai pleuré.

En lisant de pareils vers, qui donc ne sentirait avec joie, malgré toutes les réserves et les critiques, que l'auteur de l'*Expiation* est toujours notre grand poète et notre grand patriote ! »

VIII — Paul de Saint-Victor. *La Légende des Siècles, Le Moniteur Universel*, 5 et 23 mars 1877 :

« Ce nouveau livre prolonge, en l'égalant toujours, en la surpassant quelquefois, la plus haute partie de l'œuvre de Victor Hugo. Voilà déjà quinze ans qu'au-dessus de ses poésies, de ses romans, de ses drames, il a dressé l'Epopée. Car ce poème épique, dont on reprochait la vaste lacune à la France, cette pierre angulaire ou cette maîtresse-tour de toute littérature nationale, qui manquait à la nôtre, la *Légende des Siècles* la lui a donnée. Poème, non plus circonscrit, comme la plupart des épopées modernes, dans le cycle d'un temps, dans l'enceinte d'une cité, dans le camp d'une guerre, mais infini et indéfini, au delà et en deçà de l'histoire ; se faisant une unité de l'ubiquité, traversant toutes les régions, toutes les barbaries, toutes les civilisations, tous les cultes, allant de l'Eden à la mansarde, de la tente au palais, de la pagode à la cathédrale, interprétant la réalité d'après le mirage, voyant le fait évanoui à travers la fumée qui l'atteste, questionnant l'écho qui parle après que la voix s'est tue, contemplant les astres et sondant les foules ; tantôt large chanson de gestes, tantôt églogue, et souvent comme une enfilade de bas-reliefs et de fresques, quelquefois concis comme l'inscription d'une médaille ; employant, selon les lois d'un art infaillible, le raccourci ou la plénitude du sujet traité, mêlant le récit au drame, alternant le dialogue avec le lyrisme, montrant l'homme sous tous ses jours et sous toutes ses ombres, à toutes les étapes de son voyage, à tous les actes de sa tragédie. On pourrait se figurer ce poème universel, sous l'aspect d'une sorte d'Arche immense, peuplée de toutes les espèces et de tous les types, qui recueille des passagers nouveaux à chaque tournant d'horizon, et qui, à travers les calmes et les tempêtes, les naufrages et les hivernages, les éclipses et les arcs-en-ciel, vogue majestueusement, sur la mer des siècles, vers la terre promise de l'avenir.

« Ce plan prodigieux, on sait comment le poète l'a rempli dans son premier livre. Ce fut un étonnement et un éblouissement....

« A quarante ans de distance, le poète a repris cette vision ébauchée ; il l'a étendue, et il l'a creusée ; il l'a grandie et approfondie. La rêverie a pris la dimension d'une Apocalypse historique subitement ébranlée, et dont l'écroulement forme les lacunes béantes, les monceaux confus, que hante la légende, et où il va chercher les fantômes qu'il rappelle au monde des vivants....

« *La Légende des Siècles* a sa philosophie, comme l'Histoire a la sienne. Un chœur parle entre les actes de ses tragédies, et ce chœur, c'est la voix du poète se retournant, du spectacle éphémère des hommes et des choses, vers l'immuable horizon de l'Éternité. Au génie plastique le plus éclatant que ce siècle ait vu, à l'art de rendre, en plein relief et en pleine couleur, toutes les formes et toutes les couleurs du vaste univers, Victor Hugo joint une investigation profonde des conjectures et des causes. L'énigme du monde le préoccupe jusqu'à l'obsession ; il scrute toutes ces faces confuses, il questionne toutes ces voix éparses....

« La pensée finale de Victor Hugo sur le grand mystère alterne entre une immense tristesse et un espoir infini....

« C'est un *Gloria in excelsis*, planant sur l'abîme, qui termine le livre. Comme il avait fait alterner *les Sept merveilles du Monde* dans une lutte de jactance, le poète fait dialoguer les Astres, rivalisant de splendeur et d'énormité....

« Ainsi, comme dans la première série, *Plein Ciel*, c'est l'Infini qui surmonte le livre : un tel couronnement sied à ce poème culminant, qui est un pic, au-dessus de tant d'autres cimes....

« Œuvre démesurée, peuplée de types innombrables, et qui n'est pourtant qu'en partie visible ; œuvre sans égale, qu'accroîtront presque de moitié les livres déjà terminés, en sortant de l'ombre, et que des plans tracés, et dont l'achèvement est promis à cette vieillesse invincible, prolongeront en tous sens. »

IX. — Barbey d'Aurevilly. *La Légende des Siècles*, *n*[elle] *série. Le Constitutionnel*, 12 mars 1877 :

I

« J'aurais aimé à ne pas parler, cette fois, de Victor Hugo, — et si j'en parle, c'est malgré moi. C'est contraint et forcé. Je n'y suis pas forcé par son génie, mais j'y suis forcé par son succès. Les deux volumes que voici n'ajoutent pas un iota à ce génie que j'ai suivi, reconnu, décrit et jugé tant de fois dans ses œuvres. Mais son succès (sans contradicteurs de son vivant) ajoute à son bonheur, — au bonheur littéraire d'un homme qu'on pourrait appeler le Polycrate, tyran de Samos, de la littérature... Le succès des IIIe et IVe volumes de la *Légende des Siècles,* quand ils parurent, sembla compléter sa destinée. Il fut si grand, même pour lui, accoutumé au succès, que les *réclamiers* qui y travaillèrent semblèrent avoir de l'âme, et que ceux qui ont de l'âme et qui en parlèrent semblèrent des *réclamiers.* Des *réclamiers* splendides, il est vrai ! Ils se sont mis sur ce pied d'être splendides, comme on prend des habits de fête pour faire plus d'honneur à quelqu'un. Ils ont même pris leurs accoutrements de gala au vestiaire de Victor Hugo, afin de rendre leur magnificence plus flatteuse. Ils ont mis les culottes de leur empereur... Ils ont crocheté... son dictionnaire, pour parler de lui avec ses propres mots. Rude tâche que de vouloir parler cette langue qui éventre tout et s'éventre elle-même. De pauvres diables s'en sont crevés.

« ... La qualité de Victor Hugo est, et je ne veux pas la diminuer, d'être un puits artésien de poésie, — un puits artésien intarissable, mais intarissable de la même eau.

II

« ... Il est aussi érudit qu'un vieux savant, et son érudition n'est jamais officielle : elle est curieuse, elle est recherchée, elle est originale, moins historique que légendaire, téméraire, hasardeuse, ce qui convient, d'ailleurs, dans le cas présent. C'est enfin l'érudition qui fouille dans tous les coins et qui descend et remonte toutes les spirales du temps et de l'espace. Victor Hugo a tout cela à son service ; mais ce qu'il n'a pas, c'est l'imagination qui sait faire de cette tradition sa servante, la servante du roi ! Je vais dire une chose scandaleuse, et qui fera peut-être pousser un cri : ce grand poète de Victor Hugo est certainement plus érudit encore qu'il n'est poète.

« Il a l'imagination du mot plus que de la chose, et ce qui le prouve, ce sont les redites de ces seconds volumes, échos des premiers. Voyons, en effet, si nous ne sommes pas un peu dans les mêmes atmosphères... Est-ce que le *Titan* n'y rappelle pas le *Satyre ?* Est-ce que l'Espagne, les Pyrénées, l'Aquitaine, ce que le poète appelle « le cycle pyrénéen », déjà vues, ne reparaissent pas ? Est-ce que les effroyables et superbes orgies des rois barbares, les coupe-gorges des brigands féodaux, toutes ces vastes et violentes peintures, avec lesquelles nous croyions en avoir fini pour passer à d'autres tableaux, ne recommencent pas trait pour trait ici, mais moins appuyées, et toute l'imagination des mots dont le poète a la puissance nous illusionne-t-elle assez pour nous faire accepter comme une inspiration neuve la desserte d'un repas déjà servi, et qui, comme Macbeth, nous a *rassasiés d'horreurs ?*

«... Il n'y a, dans les légendes du moyen-âge, ni le côté grandement chrétien, ni les *bons* évêques, ni les saints, ni les héros comme saint Louis et Joinville. Le Cid lui-même, qui tient tant de place dans le *Romancero* du second de ces deux volumes, est bien plus féodal que catholique de mœurs et d'accent, — ce qui est faux historiquement, mais ce qui, de plus, est un contresens en Espagne.

«... Hugo n'a presque exclusivement que l'imagination des mots. Il l'a au point que, bien souvent, il s'enivre d'eux jusqu'au vertige, et qu'il ressemble alors au Quasimodo de son invention, enfourchant la cloche de Notre-Dame et devenant fou du mugissement d'airain qu'il a sous lui et qui lui remonte au cerveau. Si on ouvrait celui de Hugo, on le trouverait peut-être noyé dans des mots. Seulement, cette imagination *verbale*, qu'il possède à un si étonnant degré, est comme toutes les grandes puissances, qui tournent à mal et à vice. Il s'abandonne à elle et elle le perd. C'est une imagination devenue funeste, qui lui fait, à toute page, entasser les mots sur les mots et sur les idées que ces mots étouffent. C'est cette imagination qui lui fait allonger démesurément ces fatigantes et brisantes énumérations sur la claie desquelles il nous traîne par tous les chemins de ses *Légendes*, et qui est le caractère de ses poésies, excessives seulement dans les mots et toujours trop longues de moitié.

V

«... Les visions de Victor Hugo ne sont que de la forte rhétorique et de la forte mémoire : la mémoire d'un homme qui a lu fructueusement le Dante et le grand Extatique de Pathmos. La poésie de Hugo n'est pas de celles qui soient tournées naturellement du côté de l'infini. Il l'y tourne de volonté, comme Darius tournait la tête de son cheval du côté du soleil... La poésie vraie, la poésie sincère de Hugo est bien plutôt du côté contraire. Elle est surtout du côté du fini et du réel. La réalité communique une bien autre puissance que le rêve à cet esprit qui a besoin d'être contenu, comme un sein très volumineux et trop tombant, et qui, si la réalité ne le retient pas dans ses strictes limites et son juste cadre, se distend, s'éblouit et s'effare. La langue même de Hugo ne contracte et n'a toute sa beauté qu'à la condition de s'appliquer exactement aux choses nettes et précises. Autrement, elle roule dans ses pages avec des enjambements de colosse, vague, confuse, obscure, aveugle et presque insensée.

«... La *Bataille d'Eylau* le fait sublime par la simplicité, la grandeur sévère, la concision rapide, et cela par la raison qu'elle est une réalité qui lui prend l'âme et l'emplit toute, et qui ne lui permet pas, à cet homme de mots, un mot de trop.

VI

« C'est par cette héroïque *Bataille d'Eylau* que je veux en finir avec ces deux volumes. Elle me remet en mémoire ces dons que j'ai toujours adorés, proclamés et acclamés dans le poète de la *Légende des Siècles*, génie militaire s'il en fut, mais qui a chaviré dans la bêtise humanitaire. Victor Hugo était, sans les lamentables déraillements de sa vie, destiné à nous donner un poème épique, cette grande chose militaire qui manque à la France, à qui pourtant les hommes épiques comme Charlemagne et Napoléon n'ont pas manqué. Un jour, ma critique lui donna le conseil de préférer une grande Épopée à toutes ses petites épopées. Il ne le suivit pas, bien entendu. C'était au temps de la première *Légende des Siècles*. Il était trop glorieux pour écouter l'intérêt de sa gloire... En ce temps-là, c'était le moment de s'élever le premier dans l'ordre des poètes ; mais, malgré ses facultés soi-disant immortelles, il laissa passer ce moment-là. »

X. — Frédéric Godefroy. *La Légende des Siècles. Revue du Monde Catholique*, janvier-mars 1877, n° 148, 25 mars 1877, page 896 :

I

Dans la seconde comme dans la première *Légende des Siècles*, « les nombreux poèmes dont se compose le recueil sont cousus tant bien que mal par les titres ; mais ils n'ont aucune adhérence réelle. Chaque pièce est, comme le livre, un commencement et un tout ».

II

« Que s'est proposé le poète dans la continuation de cette épopée grandiose de tous les âges de l'humanité, achevée après tant d'années, non plus dans l'exil, mais au sein de sa patrie et dans la ville qu'il a tant aimée ? Une pièce placée en tête du premier volume et datée de Guernesey (avril 1859) raconte une vision d'où le nouveau poème est sorti : le poète vit le mur des siècles lui apparaître :

C'était de la chair vive avec du granit brut,
Une immobilité faite d'inquiétude,
Un édifice ayant un bruit de multitude,
Des trous noirs étoilés par de farouches yeux,
Des évolutions de groupes monstrueux,
De vastes bas-reliefs, des fresques colossales ;
Parfois le mur s'ouvrait et laissait voir des salles,
Des antres où siégeaient des heureux, des puissants,
Des vainqueurs abrutis de crime, ivres d'encens,
Des intérieurs d'or, de jaspe et de porphyre ;
Et ce mur frissonnait comme un arbre au zéphyre ;
Tous les siècles, le front ceint de tours ou d'épis,
Étaient là, mornes sphinx sur l'énigme accroupis ;... »

Frédéric Godefroy juge ces vers incompréhensibles : il continue :

« Que nous donnera un poème qui s'annonce ainsi ? Le plus étonnant mélange où le mauvais, le médiocre et l'ennuyeux dominent, mais où se trouveront cependant des pièces entières ou des fragments qu'on aurait admirés dans le premier recueil. Dans tout ce livre du reste, M. Victor Hugo donne effrontément carrière à sa haine pour le titre de roi comme pour le nom de prêtre. Ces pauvres rois, quels monstres et quels fantoches on en fait ! »

Suit à l'appui, l'analyse d'*Entre Géants et Dieux* et de *Lions et Rois*.

« N'arriverons-nous pas enfin à quelques pièces dignes de la renommée du poète, nous ajouterons dignes de la peine que nous prenons de le lire et de le faire lire ? Nous en tenons deux dans le premier volume : *Welf, Castellan d'Osbor*, et l'*Aigle du Casque*, dont la forme rappelle les plus admirables poésies de la première partie de la *Légende des Siècles*. »

Suit l'analyse de ces deux poèmes.

III

« Le second volume, moins homogène encore que le premier, rempli non seulement de poésies lyriques, mais de poésies moins idylliques, comme les appelle l'auteur, que voluptueuses et grivoises, offre néanmoins encore à notre admiration plusieurs morceaux fortement conçus et magistralement écrits. Il en est deux qui méritent particulièrement de nous arrêter : *Gaïffer-Jorge, duc d'Aquitaine* et la *Paternité*...

« Après ces grands morceaux épiques, nous pourrions encore signaler des pièces d'une grandeur simple et saisissante : *Petit Paul*, poème touchant et triste d'un enfant et d'un vieillard qui ne pouvaient vivre l'un sans l'autre, si bien que, le vieillard s'étant éteint, l'enfant va mourir sur la tombe du vieillard. Dans la partie appelée le *Temps présent*, nous indiquerions *Jean Chouan*, le *Cimetière d'Eylau*, *Choix entre deux passants*, *la Guerre Civile*, vrai drame d'hier où M. Victor Hugo par bonheur a voulu se montrer poète et non politique, enfin, le *Prisonnier*, dont le trait final est, cette fois, un vrai trait de génie :

Il habite la faute, éternel cabanon,
Labyrinthe aux replis monstrueux et funèbres
Où les ténèbres sont derrière les ténèbres,
Geôle où l'on est captif tant qu'on est regardé.
Et qui donc maintenant dit qu'il s'est évadé ? »

IV

« ... Dans M. Victor Hugo, nous saluons un des poètes les plus richement doués qu'aucune littérature ait produits, un de ceux qui ont poussé au degré le plus élevé le grand don, le don suprême de l'écrivain, l'originalité. Mais après avoir été condamné à lire, d'un bout à l'autre, ces deux volumes de la continuation de la *Légende des Siècles*, où, si nous avons encore beaucoup à admirer, l'aggravation des défauts du poète nous a causé une fatigue et une souffrance indicibles, nous sommes obligés de répéter notre cri de détresse : *décadence ! décadence !* »

XI. — Arsène Houssaye. *L'Artiste*, 1er avril 1877 (paru antérieurement dans la *Tribune de New-York*) :

« La *Légende des Siècles* sera le livre des siècles.

« C'est ici la seconde série de cette grande œuvre. On n'a jamais ouvert de si lumineuses échappées dans l'histoire et dans l'infini. Je vois d'ici les vrais contemporains de Victor Hugo : Homère, Dante, Shakespeare, Molière, écoutant sur je ne sais quel mont Olympe ces merveilleuses symphonies qui sont l'âme du monde. Si Raphaël peignait aujourd'hui son Parnasse, quelle rayonnante figure il ferait à

Victor Hugo, parmi toutes les glorieuses figures de la poésie et de l'art!

« C'est que Victor Hugo est un grand artiste comme un grand poète. Il n'y a point de poésie sans art, comme il n'y a point d'art sans poésie. Ç'a été la suprême conquête du génie moderne, de peindre en écrivant. La palette radieuse a donné plus de lumière et plus d'accent aux images de l'imagination. Aussi, voyez comme un type créé par Victor Hugo s'impose avec une force surhumaine ; toutes ses figures sont là vivantes devant nous ; les unes depuis hier, les autres depuis un demi-siècle, mais vivantes pour toujours ; terribles ou charmantes ; peuplant et repeuplant le monde de l'esprit ; symbolisant toutes les idées, toutes les passions, tous les sentiments, familières avec les figures des grands poètes, parce qu'elles représentent ensemble, sur le théâtre universel du beau et du vrai, la comédie humaine, sous la lumière de Dieu, ce grand allumeur de chandelles — j'ai voulu dire de soleils !

« Il y a un an, je vous parlais ici même de Victor Hugo spiritualiste. Jamais les poètes païens et chrétiens n'ont donné à l'âme un vol plus hardi ; ils ont vu le fini dans l'infini : Victor Hugo voit l'infini après l'infini. Quoi de plus beau dans *la Légende des Siècles* que la *Clarté d'âmes ?* C'est par l'amour du bien qu'il marche à l'éternelle beauté de la vérité et de la lumière !

« Son génie est fait de bonté, comme il est fait de grandeur. C'est qu'un profond amour de l'humanité donne à tout ce qu'il touche un rayon divin. Il aime Dieu dans son œuvre, dans l'homme, dans la femme, dans l'enfant, dans la bête, dans l'arbre, dans la rose, dans la vague, dans le rocher. Il a reconnu la force de l'âme des choses comme la force de l'âme humaine. Ces deux âmes surélèvent et fécondent *la Légende des Siècles.*

« Nous devisions un jour, chez Victor Hugo, des providences à tous les degrés, qui partent de Dieu pour arriver jusqu'à nous, pour arriver jusqu'à la bête ; parce que tout est amour dans le monde des mondes. Je lui ai dit que s'il avait, comme tout homme de bien, sa part providentielle, je le regardais surtout comme un ambassadeur plus ou moins extraordinaire de Dieu. En effet, qui a mieux parlé aux hommes en prose et en vers ? Qui a mieux peint les grands caractères du devoir et du sacrifice ? Qui a le mieux, depuis Jésus-Christ, relevé la femme dans sa chute, ou fortifié sa faiblesse ? Qui a le plus haut crié contre l'injustice ; qui a le plus tendrement prêché le pardon ? On ferait tout un évangile en coupant çà et là une page de Victor Hugo.

« Si le poète descend dans le drame familier et familial, s'il s'arrête avec amour à une figure d'enfant, comme le *Petit Paul,* quelle source d'émotions poignantes ! C'est qu'il est aussi le premier poète de la famille. Avant lui, l'*Enfant sublime* baptisé par Chateaubriand, on n'avait pas, au coin du feu, versé de si belles larmes ni souri à des joies si pures. Il a mis la poésie là où il n'y avait que de la berquinade.

« C'est l'intermède dans ce drame où la grande épopée donne le pas aux figures surhumaines. Et c'est l'épopée indoue, c'est l'épopée antique, c'est l'épopée française !

« Ne vous effrayez pas trop de ces grands bruits que font les dieux, coups de tonnerre, tempêtes épiques, embrassements des astres, rires éclatants, colères des Titans ; Jupiter descend quelquefois de l'Olympe, pour se reposer d'être un grand dieu, avec les nymphes de Diane. Ainsi, Victor Hugo descend de ses hauteurs pour faire un bouquet d'idylles avec ses amis de tous les siècles : Orphée, Salomon, Aristophane, Théocrite, Virgile, Dante, Pétrarque, Ronsard, Shakespeare, Voltaire, André Chénier. Là, il se retrouve jeune comme à vingt ans, dans toute sa saveur amoureuse et bocagère ; il semble que les femmes légendaires aimées par les poètes viennent danser avec les chasseresses, secouant des pieds les aromes de l'herbe, effeuillant les roses sauvages, faisant tressaillir les branches. Jamais Théocrite ni Chénier n'ont été plus antiques, peut-être n'ont-ils pas eu ce panthéisme pénétré et débordant...

« Toutefois, ce n'est pas dans *la Légende des Siècles*, cette œuvre sévère comme les bas-reliefs du Parthénon ou comme les grandes fresques du XVIe siècle, qu'il faut trop chercher les sourires et les violons. Dieu a permis au poète la couronne de cheveux blancs. Il dédaigne les roses d'Anacréon, parce qu'il est toujours auguste en son œuvre...

« Lucrèce n'a pas étreint la nature avec plus de fécond amour. Il n'a pas arraché plus de secrets à la vie universelle.

« Quand on lit Victor Hugo, on est saisi par tant d'idées que dans l'éblouissement on ne sait plus que dire. J'allais oublier de marquer la puissance du poète pour renouveler les formes, les rhythmes, les rimes du vers français. Dans ses cent mille vers pas un qui ne porte son cachet. Aussi surprend-il toujours par l'imprévu du tour, du mot, de la rime. Mais si on sent partout l'art, on ne sent jamais le travail. Phidias cachait son ciseau, comme Léonard de Vinci cachait sa palette. Il semble qu'un Dieu soit passé par là.

« On a dit que les grands hommes faisaient leur siècle à leur image : Victor Hugo a fait le XIXe siècle littéraire. Malherbe était venu pour défaire la langue, Victor Hugo est venu pour la refaire. Ceux qui l'aiment, comme ceux qui l'injurient, vivent de son bien ; seulement, lui, ne frappe que des écus d'or, tandis que nous ne vivons que de sa petite monnaie.

« Cette belle langue, la reine du beau dire, si largement drapée, nourrie d'idées, éblouissante d'images, fait de Victor Hugo un antique, lui qui est plus moderne que tous les modernes. Mais tout grand homme a un pied dans le passé et un pied dans l'avenir.

« En commençant cette causerie, j'ai parlé de Socrate ; j'ai comparé, ou plutôt rapproché les deux maisons. Pourquoi ne pas dire que si Socrate fut la sagesse de l'antiquité dorée aux rayonnements de l'avenir, Victor Hugo est la sagesse moderne, la sagesse d'aujourd'hui, déjà illuminée de l'aurore de demain. »

XII. — Saint-René Taillandier. *Revue des Deux Mondes*, 1er avril 1877, pp. 635-657. *La nouvelle série de la Légende des Siècles de M. Victor Hugo* :

« A travers bien des incohérences, la première partie de cette symphonie colossale renfermait quelques-unes des plus fortes inspirations de l'auteur. On pouvait admirer telle pièce et condamner telle autre, on pouvait être tour à tour ému, étonné, étourdi, emporté dans le tourbillon du poète, ou sentir dans tout son être la fatigue et l'ennui, l'ennui de ces procédés toujours les mêmes, la fatigue de ces coups violens assénés à tort et à travers. Il se trouvait pourtant que, dans ces jeux de la force et du hasard, le hasard n'avait pas trop mal servi la force. La plupart des pièces de ce recueil étincelaient de beautés hardies ; quelques-unes étaient des chefs-d'œuvre. Quant à la pensée même de l'ouvrage, elle n'avait rien qui pût inquiéter un esprit droit. A côté de l'histoire des âges, il y a la légende, qui peut la dénaturer quelquefois, mais qui souvent aussi, à la condition d'être bien comprise, la complète et l'éclaire. Tout ce domaine du symbole est le domaine du poète. L'auteur de *la Légende des Siècles* s'y mouvait à l'aise, il créait des figures, inventait des royaumes, improvisait des annales, et, pour cette histoire tout imaginaire, combinait une géographie toute fantasque. C'est le droit de la légende, et l'on ne pouvait qu'applaudir aux fantaisies de M. Hugo chaque fois que cette légende, dans une sorte de transposition symbolique, rendait exactement la physionomie des époques diverses....

« Les ténèbres n'empêchaient pas d'apercevoir la lumière. En traversant les gouffres de l'enfer, comme chez Dante, on pouvait compter sur les visions du purgatoire et les éblouissements du paradis.

« Rien de pareil dans cette seconde partie de *la Légende des Siècles*. L'espérance que faisait concevoir la première ne sait plus où se prendre. Je ne parle pas de la puissance et de l'art, je parle du fond des idées. C'est le chaos. Nul chemin tracé, nulle indication lumineuse, pas la moindre image d'une marche en avant ; efforts, progrès, espérance, sentiment de la vérité et de la vie, idée d'une destinée à comprendre et d'un but divin à poursuivre, on dirait que ce sont là désormais des mots vides de sens pour le poète. Un lecteur sérieux ne saurait aller jusqu'au bout de ces deux volumes sans ressentir une impression de découragement ou plutôt un mouvement de révolte. Où sommes-nous ? dans quel monde ? dans quelles ténèbres ?...

« La légende des siècles, c'est la nuit des siècles.
M. Victor Hugo semble avoir senti lui-même cette impression désastreuse de son œuvre. Il a essayé d'expliquer à sa manière l'étrange chaos qu'il propose à la contemplation de ses lecteurs. La première pièce du premier volume est évidemment une préface justificative. Il a eu, dit-il, une vision, et de cette vision est sorti ce livre. Il n'est pas défendu à la critique de supposer que le poète, comme c'est son droit, arrange ici très poétiquement les choses, et que cette vision d'où le livre est sorti est simplement un remords littéraire, l'aveu d'un embarras dont on ne peut que le louer, le sentiment d'une inquiétude philosophique et morale qui lui fait grand honneur. Que cette pièce ait été composée à Guernesey il y a quelques années ou à Paris il y a quelques mois, cela ne fait rien à l'affaire ; l'enchaînement des idées est manifeste. Lancé à toute bride au milieu de ses imaginations chaotiques, le poète a jugé nécessaire d'expliquer pourquoi cette espèce d'épopée du genre humain présentait l'aspect d'un bouleversement effroyable. Il a compris qu'il avait besoin d'une excuse. C'est justice de noter ce scrupule du poète et de lui en tenir compte. »

Suit l'analyse de *La Vision d'où est sorti ce livre.*

« Comment le poète ose-t-il prétendre que ce mur vivant était d'abord un édifice aussi harmonieux que prodigieux, un édifice complet, régulier, logique,

Où tous les temps groupés se rattachaient au nôtre,
Où les siècles pouvaient s'interroger l'un l'autre,
Sans que pas un fît faute et manquât à l'appel ?

Sa description même lui donne un démenti, puisqu'on y voit entassées au hasard les choses les plus disparates et l'histoire devenue un magasin de bric-à-brac : voici les paladins et les patriarches, voici Nemrod et Booz, Jason et Fulton, Eschyle et *la Marseillaise*, Bonaparte au pont de Lodi, non loin du Christ et de Néron ; voici, détail important, les ciseaux d'or avec lesquels on mouchait la lampe dans l'antre d'une prophétesse biblique ; voici les colliers que portait Tibère et que Tacite arrangeait en carcans ; voici la chaîne d'or du trône qui s'en va naturellement aboutir au bagne ; voici enfin, c'est le dernier trait, voici le braconnier terrible, Satan, qui, noir, riant, l'œil allumé braconne dans la forêt de Dieu. Assurément tout cela n'est pas vulgaire, mais où est le sens ? où est la suite des âges ? où est l'harmonie des choses, cette harmonie qui résulte même des plus violens contrastes !...

« Quel est le personnage qui va surtout occuper le poète en ce nouveau recueil de légendes épiques ? même dans ce chaos, même dans *cette épopée humaine écroulée*, comme dit l'auteur, il est impossible qu'on ne découvre pas un héros préféré. Le voici, c'est le titan. Le premier volume du moins est consacré à sa gloire ; chacun l'y reconnaîtra sans peine. Dans maintes pièces de ce volume, c'est le titan qui est au premier plan et qui joue le premier rôle. Ici, du fond de son antre, il défie les puissances supérieures et les appelle *tas de dieux*. Là, quand il a été vaincu par les olympiens, il laisse en tombant la terre si désolée, que cette défaite des géants a toutes les apparences d'un cataclysme universel. » Suit l'analyse du *Titan*.

« M. Victor Hugo ne se contente pas d'être le plus colossal et le plus cyclopéen des poètes ; on le blesserait assurément, si on négligeait d'étudier chez lui le penseur. Il a sa philosophie des religions dans *la Légende des Siècles* comme il a sa philosophie de l'histoire. Hélas ! l'une et l'autre se ressemblent trop. Nous avons réclamé tout à l'heure contre cette philosophie de l'histoire qui supprime la grande loi morale, la loi du mouvement et du progrès ; il faut protester aussi contre une philosophie des religions qui fausserait à la fois l'idée de Dieu et l'idée de l'homme.

« Le titan, pour se venger des dieux, découvre et annonce le Dieu unique. Fort bien. Ces vieux symboles peuvent être interprétés de bien des manières. L'interprétation proposée dans les poèmes de M. Hugo n'a rien qui choque ni la philosophie ni l'histoire. Elle se rattache même à l'interprétation chrétienne du mythe de Prométhée... Mais ce qui fait la grandeur de Prométhée, c'est sa tendresse pour l'homme. Si le géant n'est qu'un être immense, un lutteur énorme, un bloc de muscles et d'os, le type de la révolte contre une divinité supérieure, ses aventures nous toucheront peu. Le titan de M. Hugo a-t-il le moindre rapport avec l'humanité ?... C'est lui qui, de la fenêtre ouverte à coups de poing sur l'infini, a découvert le Dieu unique. Si cela est, le service n'est pas médiocre. Voyons donc quel est ce Dieu. Il y a trois ou quatre poèmes dans lesquels M. Victor Hugo prétend nous faire entrevoir, au delà de tous les mondes, au delà de toutes les théogonies, au delà de toutes les religions, le Dieu de l'Immensité. La place même que ces poèmes occupent dans l'ensemble de l'œuvre est significative ; les uns forment le début du premier volume, les autres terminent le second. C'est le commencement et la fin, l'alpha et l'oméga ; entre ces deux termes est comprise toute la philosophie religieuse de *la Légende des Siècles*. La première de ces pièces est intitulée *Suprématie*. » Suit une critique de *Suprématie* [1].

« Ainsi, une lumière avec les yeux d'une figure, voilà le dieu souverain devant lequel disparaîtront les dieux de l'Orient et de la Grèce ! Le poète répondra sans doute qu'il s'agit des temps primitifs et que les pressentiments de l'unité divine dans les sociétés barbares ne sauraient être exprimés avec l'idéale sublimité des âges philosophiques. Rien de plus juste ; ce n'est pas dans ces premières pièces [du *Titan* et de *Suprématie*], c'est dans les dernières qu'il faut chercher la théodicée de l'auteur. Les trois poèmes qui terminent le second volume nous donnent le résumé de sa philosophie religieuse. L'un s'appelle *le Temple*, l'autre est adressé *à l'Homme* ; le troisième a pour titre le mot *Abîme*. Ce sont trois expressions d'une même doctrine. Dans le temple que sa pensée construit se dressera une statue immense, vêtue d'un voile insondable, qui figurera le dieu certain et ignoré. Le temple n'aura point de Coran, point d'arche, point de dogmes, point de prêtres, point de culte, rien de ce qui peut être contesté par la raison, et, n'ayant à craindre aucune attaque, il sera bien sûr de rester toujours debout après que tous les autres temples auront croulé. La statue voilée aura l'air de rêver au cosmos ; immobile et muette, elle agira pourtant et parlera. Tous les hommes sentiront son pouvoir, toutes les âmes entendront sa voix. Les méchans seront mal à l'aise dans son voisinage, mais les bons, les augustes, les penseurs, les sages, sentiront le plein jour sur leur âme,

Comme sous le regard d'une énorme prunelle.

« Cette prunelle énorme, — car à la fin comme au début le poète tient à ses images, — est-elle le point lumineux vers lequel doit se diriger la pauvre race des humains ? Non, elle perdrait son temps et sa peine. C'est ce que lui signifie l'auteur de *la Légende des Siècles*. — *Si tu vas devant toi pour aller devant toi*, ô homme, c'est bien ; il faut que l'homme se meuve. Va, marche, jette la sonde ; mais, sache-le bien une fois pour toutes : jamais tu n'arriveras, jamais tu ne trouveras ce que tu cherches. Une trop grande distance te sépare de l'être infini. Ton sentiment religieux aura beau changer d'idéal, de forme, de culte, la religion la plus pure sera toujours vaine, car elle sera toujours infiniment loin de la cause des causes.

« C'est pour mettre en relief cette théorie désolante que le poète a écrit les pages intitulées *Abîme*. Écoutez : l'homme parle, l'homme du XIXe siècle et l'héritier de tous les âges ; il vante ses luttes, ses con-

1. Dans cette critique, Saint-René Taillandier se méprend étrangement. Ignorant les textes dont s'est servi V. Hugo, il traite ce poème de « mystification ».

quêtes, ses trésors, il s'appelle Platon, César, Dante, Shakespeare, il a la science et l'art, le génie et la force, il fonde, il crée, et, ce que la nature ne fait qu'ébaucher, c'est lui qui l'achève. « Terre, dit-il, je suis ton roi. — Tu n'es que ma vermine », répond la Terre, et, comparant sa puissance, sa fécondité, son renouvellement perpétuel, à la destinée éphémère des fils d'Adam, elle triomphe en d'orgueilleuses paroles. Saturne, qui l'a entendue, lui impose silence : Convient-il à la chétive planète d'élever si haut la voix ? Qu'est-ce que ce grain de sable, avec un grain de cendre pour satellite, auprès de Saturne, et de son immense anneau, et des sept lunes qui lui font cortège ? Paix ! dit le Soleil ; Terre, Saturne, vous n'êtes que mes vassales, c'est moi qui suis le souverain. Vous n'êtes que le bétail, c'est moi qui suis le pasteur. Sans moi, que seriez-vous ? Un chaos de fange. Je suis la loi qui vous donne l'ordre, je suis le feu qui vous donne la vie. Il faut entendre alors de quel ton Sirius parle au Soleil et quelles humiliations il lui inflige : il l'appelle atome, poussière, *espèce de clarté,* il le traite de gardeur de planètes, il lui demande s'il y a de quoi être si fier, pour sept ou huit moutons qu'il mène paître dans l'azur ; lui, dans son orbe immense, il emporte

Mille sphères de feu dont la moindre a cent lunes.
Le sais-tu seulement, larve qui m'importunes ?
Que me sert de briller auprès de ce néant ?
L'astre nain ne voit pas même l'astre géant.

« Mais Sirius, l'astre géant, est humilié à son tour par Aldebaran, Aldebaran est humilié par Arcturus, Arcturus par la comète, la comète par septentrion, septentrion par le zodiaque, le zodiaque par la voie lactée, la voie lactée par les nébuleuses, les nébuleuses par l'infini, lequel enveloppe tout l'être, toutes les variétés de l'être, et ramène la multiplicité discordante à sa mystérieuse unité. Cet infini lui-même a-t-il le droit de parler ? Non, Dieu seul a ce droit, car Dieu seul peut prononcer le dernier mot, Dieu seul peut dire :

Je n'aurais qu'à souffler, et tout serait de l'ombre.

« Certes, voilà un concert grandiose. Est-il bien sûr pourtant que ce soit une poétique image de la vérité ? M. Victor Hugo, en voulant glorifier Dieu à sa manière, n'a-t-il pas contre lui la conscience de tous les siècles ?...

« La théodicée de M. Victor Hugo, en cette nouvelle série de *la Légende des Siècles,* est donc aussi erronée que sa philosophie de l'histoire. Dans sa transfiguration légendaire des âges, il est vaincu par Michelet et Quinet, par Cousin et Jouffroy, par Chateaubriand et Lamartine ; il est vaincu dans ses peintures de l'infini par la sublimité métaphysique de Leibniz. Quand il s'occupe des choses d'ici-bas, il supprime l'idée du progrès ; quand il s'occupe des choses d'en haut, il supprime l'idée du Dieu moral. Ses deux erreurs font également injure à la majesté divine et à la dignité humaine....

« Le désordre que révèle la conception générale du livre devait nécessairement se retrouver dans un grand nombre des pièces qui le composent. De là les disparates, les incohérences, les voix qui grincent, les chants qui détonnent. A côté de ces pans de murailles dont les brèches superbes excitent l'admiration, on aperçoit je ne sais quels détritus. des fouillis de mots, des tronçons d'idées, ou plutôt, pour employer les termes qui reviennent si souvent sous la plume du poète, des amoncellemens, des échevellemens, des enchevêtremens monstrueux....

« Notons le mot de Sainte-Beuve, qui, avec sa pénétration merveilleuse, avait si bien deviné la théorie du *mur des siècles* ; ce sont bien des blocs de poésie, comme il disait. Il faut ajouter que dans ces blocs les concetti ne manquent pas. C'est ce qui rend les procédés de M. Victor Hugo si faciles à imiter. Il y a des gens d'esprit qui excellent à parodier ces grands mots, ces grands vers, sublimités inintelligibles mêlées de trivialités prétentieuses. On les écoute et on rit, sans que ce franc rire porte atteinte au génie du poète. Mais que dire lorsque ces parodies se rencontrent dans son texte même ? Majorien, prétendant à l'empire. est dans son camp de Germanie, et, debout derrière les créneaux, il parle à un barbare que suit une horde immense. Ce barbare lui offre son aide, il est bref, hautain, armé d'une foi invincible ; on reconnaît Attila, le chef des *Sans-nombre*. Si Majorien veut la paix, Attila le fera roi. Majorien doute de la promesse du barbare et lui dit que ses frères ont été battus par les soldats de Rome. Savez-vous ce que le chef des Huns lui répond ? Il lui lance un calembour :

Nous n'avons de battu que le fer de nos casques.

« Un calembour, dis-je, et de plus un contre-sens, puisque le fer battu « ne prend de l'éclat qu'en perdant de sa solidité ». C'est Buffon qui, dans son *Discours sur le style*, donne cette leçon de métallurgie au roi des Huns. Rappeler Buffon en chantant Attila, n'est-ce pas une parodie des plus drôles. Supposez aussi que, dans une imitation fantasque de M. Victor Hugo, un esprit moqueur fasse dire à l'homme du XIXe siècle, tout enivré de sa force et de ses conquêtes : J'ai supprimé le temps, j'ai rapproché les distances, j'ai réduit le géant Espace à la condition d'un misérable nain ;

Je fais causer le Rhin, le Gange et l'Orégon,
Comme trois voyageurs dans le même wagon ;

Ne sera-t-on pas charmé d'une pareille trouvaille? Bravo, s'écriera-t-on; quelle fine critique! quelle parodie exquise! Eh bien! ce n'est pas une parodie. L'écrivain qui a trouvé tout cela, l'écrivain qui se permet ces calembours et ces drôleries, c'est le poète lui-même, le poète de *la Légende des Siècles*, celui qui, dans *l'Année terrible*, s'adressant à l'honorable général Trochu, l'apostrophe en ces termes: *participe passé du verbe tropchoir...*

« Il en coûte d'insister sur les critiques quand on aimerait à signaler des pages irréprochables. Par malheur, si la verve, la force, l'imagination, une puissance de style prodigieuse, éclatent à chaque pièce du recueil, les pages sans reproches sont bien rares. Parmi les meilleurs tableaux de cette galerie, le sentiment public a déjà indiqué *Jean Chouan* et *le Cimetière d'Eylau*: ici un touchant épisode des guerres de la Vendée, là un récit, familièrement épique, tiré des batailles de l'empire. Ce qui a charmé tous les cœurs dans ces deux poèmes, c'est l'inspiration humaine, la sympathie profonde. Oh! que M. Victor Hugo a tort de ne pas faire vibrer plus souvent cette corde qu'il manie en maître! Qu'on est heureux ici d'oublier l'histoire sans âme et la métaphysique sans lumière! *Sunt lacrymæ rerum*. Les commisérations du poète pour les héroïsmes cachés, ses tendresses pour les dévoûmens obscurs, l'ont toujours admirablement inspiré. Il faut dire la même chose de son respect de l'enfance. Qui donc a mieux parlé des enfans que l'auteur des *Feuilles d'automne*? On le retrouve tout entier, ce poète des plus beaux jours, dans l'*Idylle du Vieillard*, quand il disserte avec tant de grâce sur le bégaiement de la première année:

> Trébucher, chanceler, bégayer, c'est le charme
> De cet âge où le rire éclôt dans une larme.
> O divin clair-obscur du langage enfantin!
> L'enfant semble pouvoir désarmer le destin...
> L'innocence au milieu de nous, quelle largesse!
> Quel don du ciel! Qui sait les conseils de sagesse,
> Les éclairs de bonté, qui sait la foi, l'amour,
> Que versent, à travers leur tremblant demi-jour,
> Dans la querelle amère et sinistre où nous sommes,
> Les âmes des enfans sur les âmes des hommes?

« C'est la même inspiration qui a dicté le poème si tendre intitulé *Petit Paul*, c'est un sentiment analogue qui a produit le sinistre tableau inscrit sous ce nom: *Question sociale*. Voilà le vrai Victor Hugo. Si je voulais passer en revue toutes les pièces du recueil, j'aurais à signaler comme une fantaisie étincelante, comme une œuvre pleine de cœur et de poésie, la légende de *l'Aigle du casque*; quel que soit pourtant l'éclat de la fantaisie dans l'œuvre de M. Hugo, il faut toujours en revenir, quand on cherche le mieux, à tout ce qui rappelle chez lui l'étude sincère de la vie, la sympathie cordiale, la préoccupation des misères humaines. Le *Petit Paul* et la *Question sociale* d'une part, de l'autre *Jean Chouan* et *le Cimetière d'Eylau*, tels sont les chefs-d'œuvre de cette seconde série de *la Légende des Siècles.* »

XIII. — J. Dupain. *Revue des Poètes et des Auteurs Dramatiques.* 1er avril 1877. *Bibliographie. La Légende des Siècles*, pp. 111-112 :

« Il arrive souvent, en travaillant, que l'on sente sur son front de petites piqûres faibles mais incessantes,... on y passe la main, vainement ! la piqûre revient ! on s'impatiente, on n'imagine pas quel peut être l'insecte désagréable qui vous poursuit ! Puis on songe à regarder et l'on constate que ce sont quelques cheveux rebelles, et s'obstinant à vous venir sans cesse battre la peau ! Ainsi, dans la seconde *Légende* comme dans la première, à chaque pas, on est piqué par de grandes phrases sonores, demandant pour être comprises quelques minutes de réflexion, et une tension d'esprit toute particulière, ou bien encore par des noms propres plus ou moins abracadabrans, qui semblent se succéder toujours, plus inconnus, avec le secret désir d'exaspérer le lecteur ! Les phrases étranges et l'érudition déplacée, voilà les deux grands chevaux de bataille des critiques qui s'attaquent à Hugo ! La première de ces choses n'est évidemment chez le poète qu'un procédé artistique ! Quant à l'érudition, s'il en est qui accusent Hugo de se moquer un peu du public et d'être trop savant, moi, je m'accuse en lisant ses grandes énumérations historiques de trop d'ignorance ! au lieu de blâmer, j'apprends d'abord ce que j'ignore, et, une fois instruit, je suis libre d'admirer la poésie elle-même autant qu'elle le mérite ! — Le poète commet-il une erreur ? je ne le blâme pas encore, étant de ceux qui en poésie mettent l'exactitude scientifique au second plan, font abstraction du fait historique visé dans une phrase grandiose, ne s'inquiètent que de ce qui est grand, et dédaignent de pédantesques critiques bonnes pour ceux que la vraie poésie n'a jamais enthousiasmés !...

« Maintenant, cette seconde *Légende* est-elle aussi étonnante que la première ? D'abord elle en est le complément, c'est-à-dire un peu la répétition : le *Titan*, pour ne citer qu'un exemple, a une certaine parenté avec le *Satyre*... la forme, cette forme merveilleuse inventée par Hugo, est restée immuable, sans doute, mais n'a pu éviter les atteintes d'un goût surmené et par cela même un peu dévié ; les grandes phrases que les irrévérencieux nomment pathos se multiplient... et puis, en vérité, la première série des *Petites Épopées*, cette Bible du poète, n'était-elle donc pas arrivée aux dernières limites de la puissance humaine ? Il me semble difficile que l'intelligence puisse concevoir quelque chose de plus pathétique que les *Pauvres Gens*, de plus grandiose que le *Régiment du Baron Madruce*, de plus colossal qu'Eviradnus ! La première *Légende* est donc, et restera, malgré V. Hugo lui-même, ce que l'art des vers a produit en France de plus puissant ! »

XIV. — L. Derôme. *La Revue de France*, 15 mars 1877. *La Légende des Siècles*, par V. Hugo, pp. 465-466 :

«... On aimerait à voir en Victor Hugo un homme avec lequel on puisse causer, s'entendre, raisonner. C'est le vent que Lamennais a entendu souffler dans les *Paroles d'un croyant* ; il marche comme un ouragan, avec autant de force et d'aveuglement, écrasant les obstacles, n'obéissant à aucune voix, implacable, sinistre, effaré : il est malade.

« Cet accident est arrivé à d'autres... « Ceux qui ne croiront pas ce « que je viens d'écrire, dit Jean-Jacques à la fin de ses *Confessions*, « méritent d'être étouffés. » On sait de quel fiel sont pénétrées les dernières œuvres de Chateaubriand, avec quelle rage sombre Lamennais cracha sur les croyances de sa jeunesse.

« C'est là qu'en est Victor Hugo. Son génie reste entier dans la *Légende des siècles*, malgré quelques défaillances. Ses héros manquent de sens commun ; hommes et choses, tout ce qui a de la grandeur, de la moralité, de la raison est jeté aux gémonies. Que la raison soit malmenée par lui, ce n'est pas étrange : elle et lui n'ont jamais été d'accord. Dès ses premiers pas dans le monde de la pensée, le développement anormal de l'imagination avait tué en lui la raison ; pourtant il aimait le grand, il aimait le beau, il s'inclinait devant quoi que ce fût, de ce qui mérite l'estime ou le respect. Il n'en est plus ainsi. La haine a fait son œuvre : elle l'a rendu nihiliste. Il nie maintenant. Qu'on ne lui parle ni d'honneur, ni de gloire, ni de morale, ni d'hommes, ni de choses à louer. Arrière tout ce qui vit ! Qu'on lui apporte le néant. Voilà son dernier culte. Il n'a rien écrit de meilleur que son *Épopée du ver* par où débute le tome II de sa nouvelle série de la *Légende des Siècles*. Le néant sera sa dernière idole. Écoutez comme il l'inspire. » Suit la citation d'une partie de *l'Épopée du ver*.

« Rugis, poète, et que cette cruelle satisfaction puisse assouvir tes derniers jours. Peut-être cette colère corrosive démontre-t-elle que M. Victor Hugo aurait mieux fait de s'en tenir à la maxime de l'auteur de l'*Imitation : Ama nesciri et pro nihilo reputari*. On y perd sans doute bien des jouissances d'amour-propre, mais on y gagne de mourir tranquille, et, à son lit de mort, on peut dire avec désintéressement :

> Les hommes, occupés d'objets qui se transforment,
> Sont hagards, et devraient s'apercevoir qu'ils dorment.

« Le mot *hagard* résume la *Légende des siècles* : c'est un livre hagard. »

XV. — Bérard-Varagnac. *Journal des Débats. La Légende des Siècles,* par M. Victor Hugo, 18 avril 1877 :

« Nulle proportion, nulle ordonnance, pas un morceau harmonieux et achevé dans ces ébauches colossales, rien qui ressemble aux peintures qu'exécute une main fine et discrète, d'un pinceau délié, aux tons nuancés, fondus et luisans. Vous diriez de la peinture au couteau, ou mieux, des fresques menées à grands coups de brosse, des *cartons,* ternes et monochromes. C'est proprement de la peinture murale, et en grisaille. Que tout cela est allégorique, ténébreux, confus, démesuré ! Et involontairement vous songez aux fresques de Cornélius et de Kaulbach. N'est-ce pas la même méthode ? Et n'est-ce pas aussi la poésie *de l'avenir,* comme la peinture des *Cornéliens* de Munich et la musique de M. Wagner ?

« Telle est l'impression que le lecteur reçoit des premiers poèmes qu'il rencontre en ouvrant le livre. Ces poèmes sont d'ailleurs tout pleins de rares beautés, il y a là une hardiesse de conception et, dans la mise en œuvre, une grandeur et une vigueur qui vous frappent. Sur ce sombre et mystérieux fond les énormes figures se détachent, se meuvent, se tordent, se dressent avec un relief étonnant. Lisez par exemple, cette épopée bizarre et superbe : *Entre Géants et Dieux*...

« M. Victor Hugo est aux antipodes du génie grec ; il serait plutôt un Pélasge, mais non un Hellène ; plutôt un Dorien, mais jamais un Ionien, jamais un Attique. Il n'a, de la Grèce, ni la sérénité, ni la grâce légère, ni l'exquise mesure, ni le dessin net et précis. Et comme il n'en comprend pas le génie, il n'en comprend pas davantage le climat et le sol, dont ce génie est le naturel reflet. M. Victor Hugo ne paraît pas se douter de la physionomie propre de cette terre ; j'en étais frappé en parcourant, au second volume, une suite de petits poèmes qu'il a intitulés le groupe des idylles, et où il fait chanter, un peu au hasard, les poètes de tous les temps, et les Grecs entre autres. Lisez ces idylles qu'il place sous l'invocation de Moschus, de Théocrite, d'Asclépiade, etc. Vous ne trouvez guère la couleur locale, ou simplement la vérité dans ces paysages. M. Victor Hugo n'a-t-il donc jamais vu les rives de la Méditerranée ? Et son imagination n'a-t-elle jamais conçu ces belles images que nous nous formons de la terre athénienne, avec ses lauriers-roses dans le lit des torrens, ses bosquets de myrtes et d'oliviers où serpente la vigne, les montagnes aux reflets métalliques, dorés le jour, violets le soir, et la plaine poudreuse où chantent les cigales, au loin la mer bleue, semée d'îles, et les promontoires couronnés de petits temples blancs... et la limpidité de ces horizons aux contours sobres et purs ?...

« C'est pourquoi la Grèce ne tient qu'une place singulièrement restreinte et secondaire dans *la Légende des Siècles.* Sur cette terre classique, M. Victor Hugo semble mal à l'aise et comme dépaysé ; elle ne l'inspire point, et vous diriez que, s'il s'y arrête un moment, c'est qu'il ne peut la passer sous silence dans une revue de l'humanité. Mais il demeure froid devant ses grands hommes, comme devant ses dieux. De son histoire il se borne à détacher un épisode, admirable épisode il est vrai, la lutte contre Xerxès. Encore est-il plus occupé à dénombrer l'armée du grand roi et à le peindre dans sa majesté barbare, qu'à nous montrer les vrais héros de cette épopée. Il effleure le sujet, il n'y entre pas ; s'il fait parler Thémistocle aux chefs de la Grèce, c'est d'un ton forcé, dans une harangue froide et creuse qui n'est digne ni du génie poétique de M. Hugo, ni de la valeur politique et guerrière de Thémistocle. Non, Thémistocle ne parla point de la sorte ! S'il l'eût fait, qui donc l'eût écouté ? Pas une trirème, soyez-en sûr, n'eût levé l'ancre, et le nom de Salamine manquerait à l'histoire de la liberté. C'est que le monde antique est trop simple, et, pour tout dire, trop peu monstrueux pour que M. Hugo s'y puisse plaire. Le peuple romain lui-même est trop voisin des Grecs, ses éducateurs, pour l'attirer. Aussi de Rome il ne dit presque pas un mot...

« M. Victor Hugo — je parle du poète — n'a point été de ceux qui avec l'âge se transforment et se renouvellent. Tel il était en 1830, tel il est aujourd'hui : c'est l'unité de son œuvre. Ses traits n'ont point changé ; le temps en a creusé les lignes, devenues plus tranchées, plus profondes, mais respecté l'ensemble de sa physionomie. Il n'a rien perdu de ses défauts, mais rien de ses qualités, rien de son génie, rien de sa puissance. Le tremblement de l'âge n'apparaît ni dans sa pensée, ni dans son style. Il se roidit, au contraire, et, loin de s'affaiblir, loin que sa main languisse, que son pied chancelle, c'est par un excès de vigueur qu'il semble pécher. Rare exemple ! Après avoir été, à quinze ans, le plus précoce des poètes, M. Victor Hugo est aujourd'hui, à soixante-quinze, le plus résistant ; il dure comme un grand chêne, et, chaque année reverdissant, domine de sa taille tous les jeunes, domine son siècle. — Nous n'avons pas caché notre pensée, ni ménagé nos critiques ; mais il est juste de dire bien haut, et ce sera notre conclusion, ce que, lisant ces deux volumes, nous nous répétions à nous-même : Ce n'est point un livre ordinaire ; il ne peut être blâmé ni loué médiocrement. Il y a là bien des choses qu'il faut répudier et oublier, mais il en est d'admirables qui resteront ; il y a une source profonde de poésie. Tout mis dans la balance, vertus et défauts, M. Victor Hugo est encore, et, par l'effet des temps, plus que jamais notre premier poète. De la génération présente, qui donc oserait se mesurer avec lui ? »

XVI. — Renouvier. *La Critique Philosophique*, 17 mai 1877, *Victor Hugo, La Légende des Siècles, Nouvelle série*, pp. 241-255 :

« Telle est désormais la gloire sans rivale du grand poète de la France moderne, que la seconde série de la *Légende des siècles* a été reçue avec un applaudissement universel. Le public a accueilli comme des beautés familières tant d'étrangetés sublimes qui, à d'autres époques, auraient excité *sur le Parnasse*, ébranlé jusqu'en ses derniers fondements, une tempête capable d'engloutir l'audacieux novateur ! Nous n'avons entendu d'autres protestations que celles des hommes qui haïssent, chez Victor Hugo, l'ennemi des rois et des empereurs et le *prophète* inspiré par l'idéal social de la justice et de la paix. Sans doute, il ne serait pas difficile de rencontrer aussi des réclamations sincères, mais de jour en jour plus timides, en interrogeant cette classe d'esprits pour lesquels le goût, la discrétion et la mesure sont les correctifs nécessaires de l'imagination poétique, si ce n'est les propres et indispensables qualités d'un poète. Ce ne sont plus là que des exceptions ; la révolution du romantisme a définitivement triomphé, en ce sens qu'elle nous a accoutumés à admirer le beau et le grand où ils se trouvent et à en faire notre profit, sans permettre que le voisinage de tels ou tels défauts, dans une œuvre considérée au point de vue de la raison, jette sérieusement le trouble dans nos jouissances esthétiques.

« Nous n'avons pas fait, en cela, notre éducation nous-mêmes ; c'est le poète qui de vive force nous a tirés à lui, non sans beaucoup de résistance. Et le poète, de son côté, a fait une marche très hardie. Son évolution est merveilleuse. Certes, les *Orientales*, ces poésies d'une incomparable jeunesse, et restées jeunes et fraîches comme au premier jour au bout d'un demi-siècle, les *Orientales* et le drame d'*Hernani* ont été en leur temps d'étonnants défis à la vieille école littéraire et aux habitudes de la critique. La nouvelle langue du vers français, les nouveaux rhythmes libres et variés de l'hexamètre, s'y étalaient dans leur témérité, toutes les routines étaient dérangées ; mais l'impression causée au lecteur aurait été tout autrement violente, et probablement insupportable, si les *Contemplations* ou la *Légende* étaient venues, à la même époque, l'assaillir avec de graves innovations grammaticales, des mots détournés de leur sens, des épithètes bizarres et systématiques, des images « énormes », des antithèses furieuses, continuelles, des tableaux terribles, des peintures très basses, une familiarité sans bornes, des obscurités insondables, une vue pessimiste de la nature et de l'humanité, la mythologie toute renversée, les dieux insultés, les rois vilipendés, les prêtres traînés dans la boue, enfin la philosophie des mages, l'adoration de la lumière, alliée à la morale de Kant et des droits de l'homme, et, pour tout achever, l'annonce prophétique, effarée, du suprême avenir de justice et de paix !

« Nous ne cherchons pas du tout à tirer Victor Hugo à nous et à nos vues : d'ailleurs, s'il s'en rapproche souvent, souvent aussi il en est fort éloigné ; c'est du poète que nous parlons, et nous remarquons qu'il n'a atteint toute sa force et toute sa grandeur, sa plus puissante originalité de forme, qu'en se transformant dans son fond moral, devenant de royaliste démocrate, d'homme de charité et de grâce homme de justice, puisant dans l'exil une inspiration nouvelle, et justifiant le titre de *penseur*, qu'il s'était octroyé de bonne heure comme par pressentiment. Et nous ne voulons pas dire non plus qu'il doive exister un lien nécessaire entre le mérite de la forme et la valeur de la pensée chez tout poète, il s'en faut de beaucoup ; nous constatons seulement qu'un tel lien s'est rencontré cette fois. Les plus beaux vers des recueils lyriques de Victor Hugo, après l'exil, sont dictés par de fortes impressions de l'ordre humanitaire ou même cosmique. Non seulement la forme n'a rien perdu, mais elle a gagné en concentration, en énergie et, qui le croirait? quelquefois en souplesse. L'imagination n'a pas faibli, elle a grandi et s'est ouvert des espaces immenses. La sublimité, ce qui semble presque impossible et contradictoire, s'est étalée dans certaines pièces à l'état fluent et continu. Enfin, le vers, sa coupe, son rhythme, est arrivé à ce degré de perfection construite, qui restera pour modèle aux plus habiles. L'alliance très-rare du style — prenons ce mot dans sa plus haute acception — et de la force de la pensée, de l'intensité du sentiment, de l'immensité de l'imagination, a fait aujourd'hui de notre poète un de ces hommes séculaires qui n'appartiennent pas simplement à la galerie des écrivains et des artistes de leur siècle...

« Mais quel chemin parcouru ! » Ici Renouvier oppose, à propos des rois et des prêtres, des citations empruntées aux *Odes* et à la

Légende des Siècles, puis il donne une esquisse de l'évolution politique de Victor Hugo.

« Comme philosophe, Victor Hugo incline souvent à un panthéisme naturaliste, qui est d'ailleurs le caractère commun de presque toute haute poésie, ainsi que des libres spéculations de notre époque. Mais il importe de remarquer que ses vues à cet égard sont d'un ordre positif et d'inspiration légitime en un sens, devant les immensités et les solidarités dont le spectacle de l'univers, les découvertes des sciences et l'affranchissement des superstitions anthropomorphiques frappent nécessairement l'esprit d'un poète. La pièce du *Satyre*, dans la première série de la *Légende des siècles*, celle du *Titan*, et d'autres encore dans la seconde série, ne nous semblent nullement dépasser le droit de la poésie. Et, en effet, la partie négative du panthéisme en est absente. Non-seulement l'existence d'une loi providentielle dans la direction du monde et d'une loi morale dans les causes et les fins de la nature, non-seulement l'immortalité des personnes, n'y sont point niées, mais elles y sont même proclamées. Et n'oublions pas d'ajouter que les difficultés logiques des idées d'éternité et d'infinité ne sont pas à objecter au poète qui fait usage de ces idées ; car un langage infinitiste n'a, chez lui, d'autre objet que de suppléer à l'impuissance des images, en présence de l'illimité de l'imagination. Lui prêter des doctrines formelles serait commettre la même erreur que si l'on prétendait, par exemple, interpréter le mot *éternel* dans les Écritures, à l'aide des théories transcendantes de Thomas d'Aquin. » Suit une citation du *Titan* qui se termine par ces quatre vers :

O stupeur ! il finit par distinguer, au fond
De ce gouffre où le jour avec la nuit se fond,
A travers l'épaisseur d'une brume éternelle,
Dans on ne sait quelle ombre énorme, une prunelle !

« Le vrai nom du Dieu de Victor Hugo n'est pas plutôt Pan que Jéhovah. Les partisans du Dieu-Tout sont des simplificateurs du mystère divin, qui s'imaginent l'avoir compris parce qu'ils ont supprimé l'origine et les limites des choses, mettant le principe et la loi dans le déroulement même des générations sans commencement, sans terme et sans raison. Ce vrai nom est celui que de tout temps ont bien su trouver ceux qui l'ont le plus cherché, et non pas les sceptiques seulement, mais les hommes de foi, et les plus pieux et les plus mystiques des philosophes : l'incompréhensible.

Poursuivre le réel, c'est chercher l'introuvable.
Le réel, ce fond vrai d'où sort toute la fable,
C'est la nature en fuite à jamais dans la nuit.
Le télescope au fond du ciel noir la poursuit,

Le microscope court dans l'abîme après elle ;
Elle est inaccessible, imprenable, éternelle...

« Dans les beaux et très-beaux vers qui suivent ceux-ci, l'idée qui se développe est celle que l'on qualifie ordinairement de panthéisme ; et les religions, les cultes y sont présentés comme de vains tâtonnements à la recherche du Dieu inaccessible, du Dieu *qui est* pourtant, et que le progrès humain est de poursuivre sans espérance de l'atteindre. Mais cela même exclut le dogme à proprement parler panthéiste, en tant que mot de l'énigme du monde. Et, en effet, dans la pièce suivante, qui est la dernière de la *Légende des siècles*, et l'une des plus remarquables pour l'étonnant mélange de données scientifiques et de mythologie, un dialogue entre la terre, le soleil, les étoiles, les constellations, la voie lactée, les nébuleuses, se termine par les deux vers que voici, où l'infini prend la parole et où Dieu lui répond.

« *L'Infini* : « L'être multiple vit dans mon unité sombre. » — La multiplicité infinie dans l'unité absolue, c'est le panthéisme dogmatique. Le poète refuse de s'y tenir.

« *Dieu* : « Je n'aurais qu'à souffler et tout serait de l'ombre. » — Ce vers, le dernier de l'ouvrage, n'a qu'un sens possible, et c'est un appel à la puissance et à la volonté comme dernière raison des choses.

« Il est aisé de confirmer cette conclusion, en remarquant que les doctrines qui sont les compagnes ordinaires du panthéisme sont étrangères à la pensée de Victor Hugo. Ni le fatalisme ni l'optimisme ne trouvent leur expression dans ses vers. Au contraire, sa vue de la nature et de l'histoire est plutôt celle qu'on aime à nommer aujourd'hui le pessimisme, et dont le « Progrès », tout merveilleux qu'il se le promette, n'est pour lui que le correctif. Rien de l'idée de l'évolution et de ce que Comte, parvenu à sa phase « subjective », a appelé l'explication illusoire de ce qui est supérieur par ce qui est inférieur. La doctrine des origines purement animales de l'humanité est rejetée avec moquerie. Mais surtout Victor Hugo proteste contre la philosophie à la fois optimiste et négative, si répandue à notre époque, par un sentiment profond du problème du mal et de la nécessité d'une sanction divine ou cosmique pour la réalité des fins de la morale. Ces vers portent ce titre : *Écrit en exil*...

« La pensée dominante de la philosophie de Victor Hugo est une espèce de *magisme*, ou si l'on veut de manichéisme, mais relevé (comme il l'a été dans certaines des sectes d'une inspiration analogue) par l'espérance d'un triomphe définitif du bien. L'opposition de la lumière et des ténèbres est la grande antithèse partout présente, et qui sert comme de symbole et de résumé à tous les autres contrastes de la nature dans l'imagination du poète. Cette doctrine dualiste — on n'exagère rien en la nommant ainsi — a paru d'abord avec éclat dans le recueil des *Contemplations*, et n'a peut-être pas alors été comprise de beaucoup de lecteurs. La *Légende des siècles*, principalement dans cette dernière série, lui donne de nouveaux développements auxquels il n'est plus possible de se tromper, et nous avons là probablement l'explication la plus profonde de ce continuel emploi de l'antithèse, qui est un caractère universellement remarqué du style de Victor Hugo, et qui tient ainsi à ce que son sentiment et la direction habituelle de ses pensées ont de plus intime et de plus propre à sa personnalité morale. Le style c'est l'homme ; jamais maxime n'eut une application plus frappante....

« La légende des siècles est un dualisme farouche, où rien ne s'interpose entre le passé tout entier maudit, déchiré par la guerre, épouvanté ou stupéfié par les religions de crainte et d'ignorance, et un avenir de merveilles, non pas tel qu'a pu le rêver l'immoralisme transcendant, spéculant sur les sciences de la matière, dans l'hypothèse des puissants dévorateurs et des faibles dévorés, mais où domine et règne la loi morale. La raison, sans doute, s'accommode mal de cette réduction de l'histoire à une antinomie si violente ; elle proteste contre ce que l'anathème a d'absolu, contre ce que la prophétie a de miraculeux. Il est clair que s'il s'agissait d'une philosophie de l'histoire, on voudrait que le tableau du passé fît une place convenable aux créations de l'esprit humain dans l'ordre du vrai et du beau ; dans la sphère de la cité, aux nobles actions des hommes libres, et même aux bienfaits matériels ou moraux des empires. Quant à la légende même, aux mythes, aux conceptions religieuses, on aimerait à ne pas les regarder seulement par le côté sombre, le côté touchant, ou riant, ou lumineux est aussi une partie de la vérité historique. Puis on demanderait compte à l'auteur de ses espérances excessives, des promesses qu'il nous fait d'un âge d'or prochain, et d'un avènement de salut qui semble n'exiger pas moins que la subite illumination de la « couronne boréale » du nouveau monde phalanstérien. On ne se contenterait pas, pour fondement de l'annonce d'un millenium de justice et de paix, de la confiance que peuvent inspirer l'apothéose des sciences physiques et le culte du dieu Progrès, ou le juste sentiment des aspirations morales de notre temps. Mais ceux qui adresseraient de telles objections à la *Légende des siècles* feraient preuve d'une médiocre intelligence des privilèges d'un poète. La poésie épique et lyrique ne relève que d'elle-même pour ses concepts ; elle n'est point tenue d'en présenter la justification rationnelle. Les imaginations étranges, les fictions inacceptables, enfin les plus dures oppositions lui ont toujours fourni et ne cesseront pas de lui fournir, avec de grandes beautés, de puissants moyens d'édification morale. »

XVII. — Grand Dictionnaire Larousse. Premier Supplément. Paris, Larousse, 1878, article *Légende des Siècles* :

« Ce second recueil est aussi plein et aussi varié que le premier; nulle trace de lassitude; le flot de poésie jaillit toujours avec la même force. Cette puissante imagination crée à volonté de nouvelles merveilles, sans se ralentir et sans s'épuiser. Dans la première série, le poète semblait avoir pleinement réalisé l'œuvre qu'il avait conçue et qu'il formulait de la manière suivante : « Exprimer l'humanité dans « une espèce d'œuvre cyclique; la peindre successivement et simulta- « nément sous tous ses aspects : histoire, fable, philosophie, religion, « science, lesquels se résument en un seul et immense mouvement « d'ascension vers la lumière; faire apparaître dans une sorte de miroir « sombre et clair cette grande figure, une et multiple, lugubre et rayon- « nante, fatale et sacrée, l'homme ! » Les poèmes qui servaient de développement à ce programme parcouraient tout le cycle humain, depuis la légende du paradis terrestre jusqu'à l'histoire contemporaine et même au-delà, puisque le dernier morceau était consacré au xxe siècle. Mais la matière était-elle épuisée? Non, car l'histoire de l'humanité a bien des chapitres, et le poète le montre suffisamment en choisissant encore dans le nombre une foule de thèmes aussi intéressants que ceux qu'il lui avait plu d'abord de traiter. Comme pour le recueil précédent, il emprunte successivement à la légende biblique, à l'âge héroïque et à l'âge poétique de la Grèce, à l'histoire romaine, au moyen-âge, à la période contemporaine, et la source n'est jamais tarie; on sent qu'il y puisera encore tant qu'il voudra. »

Suivent le résumé et des citations d'un certain nombre de poèmes, *La Vision d'où est sorti ce livre* est accompagnée d'un extrait d'un article du *Journal des Débats* donné ici presque in extenso pp. LXXXIX.

XVIII. — Emile Zola. *Documents Littéraires*. Paris, G. Charpentier, 1881, Victor Hugo, pp. 65-70 (paru antérieurement dans le *Messager de l'Europe*, revue de Saint-Pétersbourg) :

« La vérité, la voici. La deuxième série de la *Légende des siècles*, malgré ce qu'affirment les réclames, est de beaucoup inférieure à la première série.... Il faut bien le dire, la *Légende des siècles* est d'une lecture parfaitement ennuyeuse, j'entends pour les lecteurs ordinaires....

« On peut donner à la *Légende des siècles* le sens qu'on voudra. Cela ressemble à ces livres de prophéties auxquels on fait dire ce qu'on souhaite. Le poète est déiste, voilà la seule chose qu'on puisse affirmer; il croit à Dieu et à l'âme immortelle; seulement, quel est ce

Dieu, d'où vient notre âme, où va-t-elle, pourquoi s'est-elle incarnée ? c'est ce qu'il explique en poète. Il bâtit les dogmes les plus étranges, il se perd dans des interprétations stupéfiantes. En lui, tout reste sentiment ; il fait de la politique de sentiment, de la philosophie de sentiment, de la science de sentiment. Comme disent ses disciples, il tend vers les hauteurs. Rien de plus estimable ; mais les hauteurs, c'est bien vague ; il serait certainement préférable, à notre époque, de tendre vers la vérité. Dénouer toutes les questions par la bonté n'avance malheureusement pas à grand'chose. De même, quand il a foudroyé les prêtres et les rois, en exaltant une fraternité idéale des peuples, cela n'empêchera pas les peuples de se dévorer dans la suite des siècles. En lui, il n'y a qu'un poète, et un poète lyrique. Le philosophe, l'historien, le critique font hausser les épaules....

« Il en est là. Il pontifie. Quand il parle d'un petit enfant, il croit que les étoiles écoutent. Et le pis est qu'il est devenu d'autant plus majestueux, que ses vers sont devenus plus vides. Je l'ai appelé un visionnaire. Ce mot le juge. Il a traversé l'époque sans la voir, les yeux fixés sur ses rêves. »

II

REVUES ÉTRANGÈRES

The Atheneum, p. 348-380. Samedi 24 mars 1877 :

« La seconde série de la *Légende des Siècles* consiste en 85 poèmes qu'on peut compter au nombre des plus beaux, mais ils ont entre eux autant de rapports que « des billes dans un sac », pour employer la phrase expressive de Coleridge.

« Pas d'affaiblissement chez le Titan, ni dans la vigueur de l'imagination : c'est comme une série de feux de joie souvent, mais « avec de tels éclats et de telles couleurs que les étoiles du ciel sem- « blent pâlir devant de pareilles fusées » ; ni dans la puissance et l'harmonie du rythme : exception faite pour *Tout le Passé et tout l'Avenir* qui est monotone.

« A la fois grandiose et ironique dans le pittoresque, V. Hugo y conserve cette sorte de fantaisie qu'on rencontre chez Dickens et Hawthorne, ne disons pas chez Gautier où elle n'est qu'imitation pure :

La cathédrale, avec sa double tour aiguë,
    Debout devant le jour qui fuit,
Ignore, et, sans savoir, affirme, absout, condamne ;
Dieu voit avec pitié ces deux oreilles d'âne
    Se dresser dans la vaste nuit.

« La fantaisie de son imagination dans le décor n'est pas inférieure à celle de jadis : il écrit à propos du croissant lunaire :

> Ce fer d'or qu'a laissé tomber dans les nuées
> Le sombre cheval de la nuit.

et l'image rappelle celle de Booz endormi :

> ... Quel Dieu, quel moissonneur de l'éternel été
> Avait en s'en allant négligemment jeté
> Cette faucille d'or dans le champ des étoiles. »

« A lire *Petit Paul*, *Guerre Civile*, il est facile de constater que le poète a la même force et la même délicatesse de sensibilité. »

Puis le critique entre dans l'étude particulière des poèmes; *Welf*, à son avis égale, *Timon d'Athènes*.

« Les vingt-deux idylles d'*Orphée* à *André Chénier*, nommées chacune d'un nom de poète, montre comme est riche et varié le génie de V. Hugo, mais en même temps, combien il est impuissant à sortir de lui-même.

« Dans l'*Aigle du Casque*, il donne une peinture vivante et exacte de la lutte dans la lice d'un jeune lord et d'un vieux comte, mais, pour conclure, il a recours à une invention de conte de nourrice, « *nursery-book machinery* », en faisant crever les yeux de Tiphaine par un aigle de bronze.

« Qu'un poète aussi doué n'ait pas compris d'instinct que pareille machinerie est tout à fait hors de place dans de tels poèmes qui sont un appel à la pitié et à la sympathie humaines, il y aurait lieu de s'en étonner, si nous ne savions à combien peu de génies la nature accorda le don d'allier le vrai sentiment de l'art avec la grande puissance créatrice. Quand des hommes de bien moindre tempérament, tels que Quinet dans son *Ashavérus* et Lemercier dans sa *Panhypocrisiade*, font parler et prêcher leurs sphynx et leurs sabres, leurs sceptres et leurs fleurs, ils le font avec l'aisance du naturel : ils nous transportent immédiatement dans un monde de pure fantaisie, où il est raisonnable que leur parlent des sphynx et des sceptres. » Mais en des poèmes tels que la *Paternité*, l'*Aigle du Casque* et *Zim-Zizimi*, il y a conflit entre les éléments de l'inspiration, et dans ce conflit « les poèmes sont tout à fait écrasés ».

« Nous aimerions mieux louer, mais la critique a ses devoirs ; et puis l'influence de V. Hugo sur notre propre littérature devient si énorme et notre littérature vaut un tel prix, que cette critique des écrivains étrangers devient pour nous chose grave. »

« Aucun poète, si fort au-dessous qu'il soit des splendides facultés de V. Hugo, n'a été aussi pauvrement doué au point de vue de la pensée : il ne faut pas confondre le pouvoir de transformer en œuvre d'art les idées courantes, et celui de créer des idées nouvelles.

« V. Hugo est incapable d'inventer un sujet : seul le sentiment avec lequel il le traite lui est personnel.

« Si, cependant, nous prenons ce recueil pour ce qu'il est réellement, un groupe de poèmes de circonstance, il constitue, en dépit de l'absence de philosophie, un don précieux ; car il y a là plus de beauté, plus de musique, plus d'éclat, plus de tendresse, plus de pitié, plus d'élévation qu'on n'en rencontre dans aucun écrivain contemporain.

« Si M. V. Hugo avait été « terrassé par l'âge », nous aurions pris des ménagements, mais il n'en est pas ainsi ; les années n'ont aucun effet sur lui, sa puissance est restée entière et sans égale : « Il a « soixante-quinze ans et il se peut que sa meilleure œuvre soit encore « à venir. »

Bibliothèque universelle. *Revue suisse*, février 1877, tome LVIII, p. 729. *Chronique parisienne* :

« L'événement littéraire du mois et peut-être de l'année, c'est la publication de la deuxième série de la *Légende des Siècles*. Je ne puis dans cette chronique passer sous silence une œuvre de cette importance. Chaque nouveau livre de M. V. Hugo commence par étonner et par déconcerter ses admirateurs : il leur faut un peu de temps pour se remettre de leur première surprise... Combien d'étapes parcourues !... quelle distance de l'*Ode sur les Funérailles de Louis XVIII* à des poèmes comme *Aymerillot* et le *Petit Roi de Galice*. Je suis de ceux qui voient dans cette longue évolution un progrès continu... A mon avis, jamais le poète ne s'est élevé si haut que dans la première série de la *Légende des Siècles*, sauf peut-être dans quelques morceaux des *Châtiments*. Un instant on a pu croire que le progrès s'était arrêté. L'*Année Terrible* n'était digne ni de Victor Hugo ni de la grandeur sinistre des événements. Un pareil livre venant après les mièvreries extravagantes des *Chansons des Rues et des Bois* pouvait faire craindre une irrémédiable décadence. On pouvait penser que la vieillesse triomphait enfin de cet infatigable ouvrier qui par un travail ininterrompu de soixante ans a édifié un si prodigieux monument. Ces craintes étaient sans fondement : la seconde série de la seconde *Légende des Siècles* est digne de la première. C'est le seul jugement que j'en puisse et que j'en veuille porter aujourd'hui. »

The North American Review, p. 487, may 1877 :

« La *Légende des Siècles* mérite encore moins le nom de poème épique que les *Misérables* celui de roman. Ce n'est pas une œuvre organisée : c'est un recueil de poèmes de structure et de ton très différents. Nous ne pouvons les analyser tous en détail : disons que la *Paternité* est le modèle des poèmes narratifs et que la *Chanson de Sophocle à Salamine* ainsi que le portrait de Chloë dans l'idylle intitulée *Longus* expriment l'esprit antique avec un bonheur plus grand qu'aucune œuvre connue de nous à l'exception des *Camées* de Gautier.

« Il est un élément distinctif qui prévaut dans toute la poésie de Victor Hugo et plus encore dans les deux volumes de la *Seconde Légende*. C'est l'exubérance de ses outrances, sa révolte véhémente contre l'autorité des modèles et des traditions qui pendant deux siècles ont paralysé le développement de la littérature française. Il a créé, ou plutôt ressuscité un nouvel art de poésie et un nouveau vocabulaire. C'est un cas curieux de retour vers Ronsard et Clément Marot. Le secret de la prompte célébrité qu'un volume de V. Hugo s'assure en pays étrangers est dans ce fait qu'il n'écrit jamais dans les limites où les Français ont borné les lois immuables de la forme, mais avec la liberté de touche d'un jeune et ardent romantisme. Du point de vue de l'art et en tenant compte de sa courte vue, de ses faiblesses et aussi de ses à-coups de génie, Hugo semble tenir un peu de Racine ou de Gœthe, mais relever surtout de la catégorie des Shakespeare, Marlowe, De Vega et Jean-Paul.

« Dans la *Légende des Ages*, il y a une profusion de thèmes et une variété de moyens qui, parmi les lettrés, choque les conservateurs qui prennent Boileau pour modèle et gardent vivante leur vénération pour ce qu'ils appellent la « Langue des Dieux ». Plus d'une matière mise en œuvre dans la seconde *Légende des Siècles* provient de ce que les classiques considèrent comme leur propriété légitime, nommément des mythes grecs et des chroniques romaines ; mais leur poète est capable de tirer les plus belles « notes de flûte » du chaos et du désordre des événements de la vie quotidienne ; tout ce qui aurait écrasé Racine, la poussée des intérêts, leur conflit, les gestes et la vie grouillante de la rue, la poussière des places publiques, rien de tout cela n'obnubile l'inspiration de V. Hugo. L'apôtre du romantisme accueille tous les sarcasmes et toutes les démences qu'interdisait la noble muse classique. Les erreurs non moins que les bonheurs de Victor Hugo sont un résultat de cette conception. Au reste, il ne réussit pas toujours en empruntant à la nature des antithèses bizarres de lumière et d'ombre, ou en appelant le trivial à son aide pour alléger ou rehausser le sublime. Il a trop la conviction que la nonchalance est le raffinement de l'art.

« Somme toute, son inspiration décèle la puissance latente ou grotesque et révèle ce qu'il peut contenir de terreur et de pitié ; mais le poète a trop souvent négligé de prendre garde qu'à ses pieds béait l'ouverture du puits de la chute. »

NORD ET SUD, juillet-septembre 1877 :

Très courte note de PAUL LINDAU, *Victor Hugo in und nach der Verbannung* dans un article sur Victor Hugo pendant et après l'exil : « V. Hugo avait atteint l'apogée de sa grandeur : il a voulu se dépasser dans la suite de la *Légende des Siècles* ; mais cela ne lui a pas bien réussi. Ce recueil de poèmes est très caractéristique par son surhaussement (Steigerung) et son inflation (Anwachs) continus, car c'est là ce que Victor Hugo aime, et il le peut réaliser. Ce caractère excepté, cette nouvelle série ne donne lieu à aucune nouvelle remarque... Reportons-nous, — conclut Lindau —, au poème d'*Abîme*, qui donne le ton et l'exemple de ce surenchérissement. »

Suit l'analyse d'*Abîme*.

VICTOR HUGO ET LA COMMUNE

Un certain nombre de poèmes de la Seconde *Légende des Siècles* posent la question des rapports de Victor Hugo et de la Commune, notamment le *Comte Félibien* et *Guerre Civile*. Notre rôle n'était pas de juger le poète du point de vue politique ; nous nous sommes bornés à signaler les actes et les discours de Victor Hugo dans notre introduction. Nous donnons ici, en reproduisant deux articles, un aperçu de l'opinion des partis opposés.

I

Francisque Sarcey. *Le Gaulois*, 2 juin 1871. A propos de l'article publié dans l'*Indépendance belge* du 27 mars 1871 par V. Hugo[1]. Francisque Sarcey écrit :

« Quand je vous disais qu'il a passé sur le monde un vent de folie ! Victor Hugo, certes, n'était point réputé pour son bon sens, et jamais personne ne s'est avisé de dire que cet homme de génie fût un esprit bien équilibré. Mais encore ne s'était-il jamais emporté à cet accès de sottise et de fureur dont il vient de donner aujourd'hui une preuve si étrange.

« Vous l'avez lue, cette monstrueuse lettre que nous avons publiée l'autre jour, et dans laquelle, lui, le poète de la Colonne, l'historien de Notre-Dame, il excuse ceux qui ont voulu, dans leur rage bestiale, anéantir par le feu ce Paris qu'il a chanté ; dans laquelle il cherche à tenir la balance égale entre l'Assemblée nationale et la Commune, entre une bande d'assassins et la France.

« Ces prodigieuses inepties, ces incroyables aberrations d'esprit et de conscience sont écrites dans cette langue apocalyptique dont le prophète de Jersey a pris l'habitude de revêtir ce qu'il appelle ses idées : vous diriez Jocrisse à Pathmos !

« Y a-t-il rien de plus triste et de plus bouffon tout ensemble que cette déclaration, faite d'un tel sérieux :

« *Je n'ai jamais compris Billioray, et Rigault m'a étonné jusqu'à*

---

1. Cet article a été reproduit dans *Actes et Paroles, Depuis l'Exil*, V.

« *l'indignation ; mais fusiller Billioray est un crime ; mais fusiller Raoul*
« *Rigault est un crime.* »

« Pourquoi est-ce un crime, s'il vous plaît, ô poète ? On ne fusille point Billioray parce qu'il est difficile à comprendre ; on ne fusille point Raoul Rigault parce qu'il est étonnant. S'il fallait fusiller tous les gens que l'on ne comprend point, et tous ceux qui étonnent jusqu'à l'indignation, savez-vous bien que vous aussi vous courriez quelque risque ! Car, enfin, on ne vous comprend pas toujours, vous qui avez souvent, pour parler au public, emprunté la *bouche d'ombre* ; et, en ce moment même, vous nous étonnez fort, vous nous étonnez jusqu'à l'indignation.

« Nous ne demandons pourtant pas qu'on vous fusille.

« Si l'on fusille Billioray, si l'on fusille Raoul Rigault, c'est qu'ils ont mis le feu à des édifices publics ; c'est qu'ils ont tué des êtres inoffensifs, j'allais dire leurs semblables, mais ces gens-là n'ont de ressemblance qu'avec des chiens enragés. La peine des incendiaires et des assassins, c'est la peine de mort. Ils l'ont méritée ; ils savaient parfaitement, quand ils ont bouleversé Paris, qu'ils s'y exposaient. Je ne comprends pas plus que vous pourquoi ils se sont conduits ainsi, et je suis aussi étonné et indigné que vous de leurs excès. Mais ce qu'il est facile au moins de comprendre, c'est qu'ils sont coupables, et que le châtiment qui va les chercher est juste.

« Savez-vous qu'on irait loin avec votre théorie : « Des actes sau-
« vages, étant inconscients, ne sont pas des actes scélérats ! »

« Si bien donc que, plus un crime serait abominable et hors de toute proportion avec les souvenirs de l'histoire, plus aussi il serait digne d'indulgence.

— « L'acte est trop sauvage pour ne pas être inconscient ! »

« Eh ! qui vous l'a dit ? Êtes-vous donc assez avant descendu dans ces consciences viciées pour en avoir sondé toutes les profondeurs et connu tous les secrets ? Qui vous assure que beaucoup de ces forcenés, quand ils préparaient, avec tant de sang-froid et d'adresse, la ruine de Paris et l'extermination de tout un peuple, ne possédaient pas la plénitude de leur raison ?

« Des fous, il y en avait : je n'en disconviens pas et je l'ai signalé moi-même un des premiers. Mais ce n'étaient pas les chefs, à coup sûr : les Raoul Rigault, les Billioray, les Jules Vallès, les Vermersch ! Fous peut-être, ceux-là, mais fous d'orgueil, d'ambition et de convoitises ; et ces folies-là sont celles dont l'homme est toujours comptable à la justice de son pays.

« Si encore ces paradoxes ne partaient que d'un excès de compassion pour des criminels qui, malgré leurs attentats, peuvent après tout exciter quelque pitié !

« Mais non ; c'est au nom de l'éternelle équité que Victor Hugo prétend les soustraire à la mort ou à l'exil qui les attend.

« De l'Assemblée ou de la Commune, demande-t-il, laquelle est la « vraie coupable ? L'histoire le dira. Ici le crime est aussi bien dans « l'Assemblée que dans la Commune, et le crime est évident. »

« Oui, sans doute, le crime est évident. Mais il y en a un autre qui n'est pas moins évident, à mon sens, c'est celui de l'écrivain qui met sur la même ligne les brigands qui déshonorent l'humanité et les représentants de la nation et du droit.

« Et qu'on ne vienne pas me dire que ce sont là de vaines phrases, de purs jeux d'esprit, des balancements d'antithèses, et qu'il ne faut pas y attacher d'autre importance.

« C'est avec ces phrases-là qu'on égare les pauvres diables, trop naïfs pour entrer dans ces subtilités de langage. Ils prennent au sérieux ces abominables concetti d'un queue-rouge déguisé en prophète, et là-dessus ils vont se faire tuer, les imbéciles, ils vont tout tuer, les fanatiques !

« Et lui, le grand homme, il les regarde, souriant de leur candeur. Il se complaît dans son œuvre ; il se dit : Je n'ai pas perdu ma journée ; j'ai écrit un beau morceau de littérature ! On me reproduira dans toutes les gazettes, et mon nom voltigera de nouveau sur les lèvres des hommes.

« Et c'est à cette farouche idolâtrie de soi que l'on immole le bon sens, la vertu, l'honneur. On se croit Dieu ; mais Pascal l'a dit d'un trait bien énergique : « Qui veut faire l'ange fait la bête. »

« Victor Hugo se croit sublime ; il n'est que grotesque.

« Il l'est quand il donne son adresse en plein journal, et qu'il offre un asile chez lui aux polissons qui ont rêvé d'incendier Notre-Dame.

« J'aurais bien voulu voir cela, un sous-Vallès quelconque se présentant chez le grand homme et le sommant de tenir sa promesse :

— « C'est moi qui ai tué vingt gendarmes et fait sauter trois « maisons : ouvrez-moi la vôtre, et touchez là. »

« Quelle grimace aurait fait le proscrit de l'Empire !

« Il n'eût pas été long à trouver une défaite.

« Il eût parlé de l'hospitalité belge, qu'il lui était interdit de violer ; il eût dit que, lorsqu'on est accueilli comme un frère par un peuple étranger, on lui doit au moins la politesse de se conformer à ses lois ; il lui eût enfin mis en beau langage toutes les vérités que les Bruxellois viennent de lui lancer à coups de pierre dans les fenêtres de son logis.

« Ces pierres, soyez sûr que le grand homme va les ramasser et s'en faire un piédestal à sa vanité.

« Quelle misère ! Peut-on être aussi parfaitement sot quand on a du génie ! Génie et sottise, cela va donc ensemble ?

« Hélas ! oui, quelquefois. »

II

Camille Pelletan. *Victor Hugo, homme politique.* Paris, Ollendorf, 1907, pp. 319-321 et 336-337 :

« Ce fut une question de savoir si le droit d'asile ne serait pas supprimé pour les hommes de la Commune, et si les pays étrangers ne livreraient pas, à la plus implacable des répressions, ceux qui avaient réussi à franchir la frontière.

« Le 25 mai 1871, M. d'Anethan, ministre des affaires étrangères belges, interpellé à la Chambre de Bruxelles, déclarait que, tout au moins, la Belgique les livrerait.

« Ce ne sont point des réfugiés politiques, disait-il ; nous ne devons « pas les considérer comme tels. Ce sont des hommes que le crime a « souillés, et que le châtiment doit atteindre. »

« Victor Hugo avait, à maintes reprises, blâmé les actes de la Commune : notamment à propos du décret des otages et de la destruction de la colonne Vendôme. Cette suppression du droit d'asile le révolta. On était à une de ces heures, trop fréquentes dans l'histoire, où, avec l'entraînement de la victoire, un courant tempêtueux, déchaîné, courbe, renverse, brise, roule, emporte tout dans ses flots irrésistibles ; où les notions ordinaires de pitié, d'humanité, le souci des règles normales qui sont la garantie commune, les simples inspirations du sang-froid et du bon sens, ne peuvent plus faire entendre leurs voix dans la clameur des passions triomphantes ; où il semble qu'aucune force humaine n'a la puissance de se mettre en travers du torrent que l'orage a fait crever sur le sol, jusqu'à ce qu'il ait passé, ravageant, dévastant sa route ; où tout ce que l'on peut attendre d'une tentative de résistance, ce n'est pas de l'arrêter, c'est de se faire broyer par lui. Nous avons vu, aux heures de révolutions et de grandes commotions nationales, ces explosions terribles de l'esprit public. Toutes les foules sont sujettes à ces affolements collectifs. Ils deviennent formidables quand ils s'étendent sur un pays entier, plus encore, sur toute l'Europe. Au milieu des huées où le cri : Tue ! répond au cri : Assomme ! — dans le réveil de tous les vieux instincts féroces du primitif animal humain, par l'éclat rouge du sang largement versé ; — parmi les dénonciations tenant suspendu le soupçon sur toutes les têtes, à une heure où les exécutions hâtives peuvent rendre mortel le moindre mot, le moindre malentendu, quand les colères furieuses des partis abritent sans le savoir les intérêts privés, les haines privées, les vengeances personnelles qui se cachent dans leurs rangs, quand, dans l'opinion victorieuse, les chefs eux-mêmes ne tiennent plus leurs soldats, et semblent trahir sitôt qu'ils essayent d'arrêter les pires excès, il se dégage, de la situation que le pays traverse, une puissance collective qui domine tous les esprits faibles, arrête la protestation des plus vigoureux, électrise les fureurs des uns, paralyse l'action contraire des autres, et livre pour un temps, presque sans contestation possible, le monde à la passion sauvage de la destruction.

« Victor Hugo se dressa seul, offrant sa robuste poitrine au choc de l'entraînement qui semblait irrésistible. Ceux qui ont assisté à cette époque savent s'il était certain d'attirer sur sa tête toutes les haines, et peut-être pis. Mais, on l'a déjà vu : la tempête était son élément.

« Lui, hôte de la Belgique, il écrivait à l'*Indépendance belge* une lettre où il offrait sa maison comme asile aux réfugiés....

«... Ce génie dont le nom est le nom le plus éclatant de toute l'Europe, regardez-le ! A soixante-neuf ans, il semble qu'il va chercher les huées ; il attire sur lui tous les outrages, toutes les persécutions ; sa maison est assaillie à coups de pierres, il se fait chasser encore une fois ; il déchaîne contre lui toutes les injures de ceux mêmes qui le courtisaient hier, et qui le courtiseront encore demain... pourquoi ? pour faire respecter le droit d'asile refusé à des vaincus.

« Ce qui éclate dans toute son existence, aussi bien littéraire que politique, c'est précisément l'opposé de cet esprit de flatterie aux idées dominantes, de recherche du succès, de besoin de bravos, que ses critiques de parti pris s'obstinent à lui attribuer. C'est, au contraire, une perpétuelle flamme de combat ; le tumulte des orages qu'il soulève, et où il se jette passionnément ; la fierté hautaine des héros légendaires qu'il aimait à chanter debout au milieu des assauts qui les enveloppent, sentant l'éclair de leur épée plus resplendissant sous une grêle de pierres, au milieu des huées, et arrêtant seuls la poussée furieuse d'une foule avec leur poitrine de géant dressée en travers.

« Que l'orgueil ait une grande part dans cette existence politique, je le crois, et peu m'importe. Oui, l'orgueil du génie qui comprend qu'il doit se montrer au temps présent, et se montrer à la postérité, luttant pour les idées les plus hautes, avec la puissance la plus redoutable. Il me semble, je l'avoue, que cet orgueil-là est une des formes de la conscience. Il me semble aussi qu'un tel orgueil ne pourrait pas venir à la pensée d'un homme qui n'aurait pas profondément ressenti les nobles colères du droit et les hautes inspirations de la pitié. Mais je ne discute pas ces points de doctrine. Si c'est là de l'ambition, puisse l'avenir réserver à l'humanité beaucoup d'ambitieux du même genre. »

BIBLIOGRAPHIE

DES ÉDITIONS

DE LA *LÉGENDE DES SIÈCLES* DE 1877[1].

La Légende des Siècles. Nouvelle série. Paris, Calmann-Lévy, rue Auber, nº 3, imprimerie A. Quentin, 26 février 1877, 2 vol. in-8º.

La Légende des Siècles. Nouvelle série. Paris, Calmann-Lévy, 1879, 2 vol. in-18.

La Légende des Siècles. Nouvelle série. Paris, Lemerre, 1882, 2 v. petit in-12[2].

---

1. Pour ce qui concerne les manuscrits, voir la page CXXXVII du tome Ier de la *Légende des Siècles* de 1859.

2. Un an plus tard, en septembre 1883, la *Nouvelle série* fut incorporée dans l'édition collective des *Légendes des Siècles* de 1859, 1877 et 1883, publiée par J. Hetzel.

LA LÉGENDE

DES SIÈCLES

—

NOUVELLE SÉRIE

TOME I

www.ingramcontent.com/pod-product-compliance
Ingram Content Group UK Ltd.
Pitfield, Milton Keynes, MK11 3LW, UK
UKHW021103260726
13994UKWH00002B/681

9 782329 330730